Jutta Treiber
wurde 1949 in Oberpullendorf geboren;
Studium der Germanistik und Anglistik
an der Universität Wien; danach arbeitete sie
als Lehrerin und betrieb ein Kino in Oberpullendorf.
Seit 1988 ist sie freie Schriftstellerin.
Ihre Bücher zeichnen sich durch große Einfühlsamkeit
und eine klare Sprache aus.
Sie erhielt zahlreiche Auszeichnungen, darunter den Kinderbuchpreis und den Jugendbuchpreis der Stadt Wien sowie
den Österreichischen Jugendbuchpreis.

Von *Jutta Treiber*
im Verlag Ueberreuter erschienen:
   Solange die Zikaden schlafen

Jutta Treiber

Herz- und Beinbruch!

Ueberreuter

Die Deutsche Bibliothek – CIP-Einheitsaufnahme

Treiber, Jutta:
Herz- und Beinbruch! / Jutta Treiber. – Wien :
Ueberreuter, 2000
  ISBN 3-8000-2629-5

J 2390/1
Alle Urheberrechte, insbesondere das Recht der Vervielfältigung,
Verbreitung und öffentlichen Wiedergabe in jeder Form,
einschließlich einer Verwertung in elektronischen Medien,
der reprografischen Vervielfältigung, einer digitalen Verbreitung
und der Aufnahme in Datenbanken, ausdrücklich vorbehalten.
Umschlag von Doris K. Künster
Gesetzt nach der neuen Rechtschreibung
Copyright © 2000 by Verlag Carl Ueberreuter, Wien
Druck: Ueberreuter Print
7 6 5 4 3 2 1

Ueberreuter im Internet: www.ueberreuter.de

1.
Montag

Ich werde doch noch nicht gestorben sein!
Um mich herum ist alles weiß, ein einziges, undefinierbares Weiß, ein Engel schwebt vorbei, irgendetwas klingt metallisch, irgendetwas singt, summt, surrt. Etwas tickt, tropft, ich sehe eine gläserne Flasche, ich bewege meinen Arm, au, was sticht da, nein, ich bin anscheinend noch nicht tot, wieso hängt diese Flasche da, ich sehe etwas Rotes von links, die Wand hat auf einmal bunte Streifen, wo bin ich, was ist hier los?
Und auf einmal fällt mir alles wieder ein.
Wer nicht Tarzan ist, sollte sich nicht wie Tarzan benehmen. Nicht von Ast zu Ast schwingen, als wären Baumäste Lianen und man selbst Tarzan oder King Louis. Die Folgen sind fatal. Sie enden in einem Zimmer mit Chrombett und weißen Leintüchern, mit einem Tropf, an den man angeschlossen ist, und der einzige Lichtblick ist das Sonnenlicht, das von links durch die Jalousien fällt und Streifen auf die Wand malt.
An einem solchen Tag hätte nichts Schlimmes geschehen dürfen. Der Tag war Royal Blue und meine Stimmung ebenso. Royal Blue ist die absolute Top-Stimmung für mich.
Es gibt Tage, die sind aquamarin. Leicht und durchsichtig wie das Meerwasser an seichten Stellen. Es gibt Tage, die sind graublau und behäbig wie mein dicker Stypen-

Kugelschreiber. Es gibt dünne graue Bleistifttage. Manche Tage duften grün wie frisch geschnittenes Gras. Und dann gibt es Tage, die sind von einem unbeschreiblichen Blau. Die absoluten Top-Tage: Royal Blue. Wenn ich Harry malen würde, dann in Weiß und Royal Blue.

Harry! Jeden Moment kann er zur Tür hereinkommen. Wenn ich nur daran denke, wird mir im Herzen ganz schwindlig. Er ist so, so unheimlich, so ... Wenn er mich anschaut mit seinen großen dunklen Augen – er hat die schönsten Augen der Welt. Und wenn er lächelt – er hat das coolste Lächeln der Welt, ich bin jedes Mal hingerissen, wenn er mich anlächelt ... Er ist der tollste Junge in der ganzen Stadt. Groß, schlank, sportlich, durchtrainiert, dunkle Haare, Superschnitt, eine winzige Strähne hängt ihm in die Stirn, die Augen leicht schräg, dunkle Augenbrauen, eine schöne gerade Nase, die Oberlippe schmal, die Unterlippe voll, wunderbare Kusslippen. Ich hab mich auf den ersten Blick in ihn verliebt. An einem grauen Bleistifttag. Und dass er sich auch in mich verliebt hat, kann ich manchmal gar nicht glauben. Was findet er eigentlich an mir, frage ich mich dann. Was heißt, was findet er an dir!, hat mein Vater voll Entrüstung gesagt. Väter sagen halt so was.

Heute Morgen flirrte die Sonne durch die Blätter des Ahornbaumes in mein Zimmer. Ich stand auf – war es mit dem linken Bein? –, auf dem Weg ins Badezimmer grinste mir mein kleiner Bruder entgegen, ich gab ihm einen Gutenmorgenkuss und Miki strahlte noch mehr als vorher. Wenn die Sonne scheint, ist er glücklich und seine Freude überträgt sich auf uns alle. Vielleicht war der Tag auch für ihn Royal Blue. Ich weiß nicht, wie die

Vorstellung von schönen Tagen in seinem Kopf aussieht.

Es war Montag. Der erste richtige Ferientag. (Das Wochenende nach Schulschluss zählt noch nicht so richtig.) Der ganze Sommer lag unberührt und lang gestreckt vor mir. Meine Mutter bat mich, Kirschen aus dem »Sommergarten« zu holen. Sie wolle einen Kuchen backen. Der Sommergarten ist ein alter, verwilderter Obstgarten, ein paar Straßen von unserem »Stadtwohnhaus« entfernt, das nur ein winziges Fleckchen Garten hat. Manchmal wundere ich mich, dass es solche Gärten noch gibt. Der Sommergarten ist groß, mit altem Baumbestand, es gibt Äpfel, Birnen, Zwetschken, Marillen, Kirschbäume und einen Ringlottenbaum. Ganz hinten, an der Grenze zum Nachbargarten, steht ein alter Nussbaum. Es gibt jede Menge blühendes Unkraut in diesem Garten. Und Kren. Und Veilchen und Primeln im Frühling. Und Schmetterlinge und Glühwürmchen im Sommer. Der Garten ist wunderschön und wir haben ihn immer »Sommergarten« genannt, obwohl er natürlich auch im Winter ein Garten ist. Vielleicht, weil wir uns im Winter nicht viel darin aufhalten. Als ich klein war, bin ich mit den Skiern darin herumgestapft. Und später habe ich dort mit Miki Schneemänner gebaut.

»Petra, kannst du Miki mitnehmen?«, fragte Mama. Miki ist gern im Sommergarten.

»Klar!«, sagte ich. In den Ferien nehme ich ihn oft mit. Ins Schwimmbad oder sonst wohin. Nur seit ich Harry kenne, bin ich keine begeisterte Bruder-Sitterin mehr.

Eine Sommergeschichte. Was für eine schöne Sommergeschichte hätte es sein können. Harry und ich, die Sonne, der Badesee, romantische Radtouren mit ebenso romantischen Sonnenuntergängen und noch romantischeren Küssen, geflüsterte Liebesworte, durchtanzte Disco-Nächte! Und nun ist es eine Geschichte, die mit einem Sommergarten beginnt und in einer Sinfonie in Weiß endet. Ich liege da, im Krankenhaus, in diesem Chrombett mit weißen Leintüchern, und denke nach. Ich werde viel Zeit zum Denken haben, so viel ist sicher. Ich könnte ein Buch über diese Zeit schreiben. Aber vielleicht ist das zu mühsam. Im Liegen. Nein, ich werde es anders machen: Ich werde mir alles genau einprägen, was ich hier erlebe, was ich denke, was ich fühle. Ich werde alles in meiner grauen Zellendatei speichern wie auf einer Festplatte – na ja, mein Gehirn ist eher eine Weichplatte –, und wenn ich wieder zu Hause bin, werde ich alles, was ich im Kopf gespeichert habe, in mein Tagebuch ausdrucken. Ein Gedankenbuch. Ich möchte später einmal richtige Bücher schreiben. Ich möchte Autorin werden. Seit Miki geboren wurde, wollte ich das. Märchendichterin nannte ich es damals.

»Scheiß-Kirschkuchen«, sagte meine Mutter. Sie liebt deftige Ausdrücke. Als Spätabkömmling der 68er-Generation fühlt sie sich dazu berechtigt, vielleicht sogar verpflichtet. Sie hatte wegen des Kirschkuchens ein ziemlich schlechtes Gewissen. »Hätte ich gewusst, was passiert, hätte ich dich niemals um die Kirschen geschickt!« »Du kannst nichts dafür!«, sagte ich. »Ich hätte nicht so blöd herumklettern sollen.« Aber es war zu verlockend gewesen. Die Sonne, der erste Ferientag, Miki, der lachend im Sommergarten herumstapfte, seine Nase in das üppig wuchernde Unkraut steckte und jedes Mal scherzhaft »Hatschi« sagte, als müsse er niesen. Ich bin immer so glücklich, wenn er glücklich ist, und der Sommer ist seine Zeit.

Ich war zu faul, wegen ein paar Kirschen die lange Leiter aus dem Schuppen zu holen. Ich kletterte auf den Baum, es war mühsam, den ersten Ast zu erklimmen, aber danach war es ganz leicht, weiterzuklettern.

Miki hatte mir den kleinen Plastikkübel heraufgereicht und ich kletterte höher hinauf, weil die süßesten Früchte bekanntlich oben hängen. Ich kletterte also höher und immer höher, auf einer Astgabelung fand sich ein guter Platz zum Sitzen, da saß ich dann und pflückte und der kleine Kübel war bald voll. Ich kletterte zur ersten Astgabelung hinunter und reichte Miki den vollen Kübel.

»Pass auf!«, sagte ich. Aber Miki ist sowieso vorsichtig. Er stellte den Kübel sicher auf die Betonstufe vor dem Schuppen.

Ich bekam plötzlich Lust, noch weiter – jetzt unbeschwert und ohne Kübel – auf dem Baum herumzuklettern. Ich stieg höher und noch höher, die Sonne blitzte durchs Blätterwerk, die Kirschen glänzten, ich stopfte mir ein paar in den Mund und sang: Die süßesten Früchte fressen nur die großen Tiere, ich kletterte höher, ein Griff, ein Tritt, die Äste schwankten, ich schaukelte zwischen dem Geflirre, es war ein tolles Gefühl.

Plötzlich krachte es. Der Ast, auf dem ich stand, neigte sich. Den Ast, an dem ich mich festhielt, hielt ich nur mehr in der Hand. Ich stürzte. Ich fiel. Kopfüber hinunter. Ich schlug auf.

Instinktiv hatte ich mich zusammengerollt, sodass ich

nicht mit dem Kopf aufgeschlagen war, sondern mit den Füßen. Ich lag auf dem Boden und wusste, dass ich nicht mehr aufstehen konnte. In meinem linken Bein spürte ich einen höllischen Schmerz. Miki war zu mir gerannt und schaute mich aus angstgeweiteten Augen an. »Peka! Peka!«, rief er.
Ich überlegte schnell. Konnte ich Miki zutrauen, allein nach Hause zu laufen? Er musste die Straße nicht überqueren. Es würde ihm schon nichts passieren.
Es war absurd. Hier lag ich, unfähig aufzustehen, und das Erste, was ich tat, war, mir Sorgen um Miki zu machen.
Ich konnte es ihm zutrauen! »Miki«, sagte ich. »Hör gut zu: Lauf nach Hause und hol die Mama oder den Papa.« Miki nickte und rannte los.
Ich lag da, der Schmerz wurde immer höllischer. Ameisen kribbelten über meine Beine, ich spürte den intensiven Geruch des Grases. Und dann spürte ich nichts mehr ...

»Petra, um Gottes willen!« Das Gesicht meiner Mutter war über mir, ihre Haare streiften meine Haut. Miki lief aufgeregt herum und rief immer wieder Peka, Peka.
»Was ist passiert?«, fragte Mama. Aber es war so offensichtlich, was passiert war, dass ich keine Antwort gab. Ich glaube auch nicht, dass sie eine erwartete. Ich zeigte nur auf das Bein. Zwei Männer vom Roten Kreuz standen neben meiner Mutter. »Der linke Knöchel?«, fragte einer. Ich nickte.
»Haben Sie sonst noch irgendwo Schmerzen?«
»Ich weiß nicht«, sagte ich. »Ich glaube nicht. Aber der Knöchel tut verdammt weh!« Sie legten das Bein in eine

aufblasbare Schiene und mich samt Bein auf eine Tragbahre und schoben mich in den Krankenwagen. Mama und Miki stiegen ein. »So was Blödes, so was Blödes!«, jammerte Mama. Manchmal wundert es mich, dass sie sich überhaupt noch »gewöhnliche« Sorgen machen kann. Dann hörte ich ein gepresstes »Scheiß-Kirschen«, meine Mutter hielt ihre Hand vor den Mund und blickte sich schuldbewusst um.

Wir hielten bei unserem Haus. Papa sagte: »Du machst Sachen!«, gab mir einen Kuss und nahm Miki in Empfang.

Dann fuhren wir ins Krankenhaus.

Von der Tragbahre auf den Rollwagen, vom Rollwagen auf den Röntgentisch, verdammt, das tut weh, das Hin und Her, Röntgen, Fraktur des linken äußeren und inneren Sprunggelenkes, vom Röntgentisch ins Untersuchungszimmer, Injektion gegen die Schmerzen, vom Untersuchungszimmer ins Gipszimmer, das Bein wird eingerichtet, Liegegips, nochmaliges Röntgen. Die Leute arbeiten schnell und präzise.

Dann werde ich in ein Krankenbett gehoben und mit dem Bett ins Zimmer gerollt. Ungefähr zwei Wochen werde ich hier liegen müssen, haben sie mir gesagt. Bis der Knöchel abgeschwollen ist und sie mir einen Gehgips verpassen können.

Dann haben sie mich an den Tropf gehängt, oder eigentlich den Tropf an mich, und ich muss für kurze Zeit tief geschlafen haben.

Die Schmerzen sind weg. Gott sei Dank. Ich schaue mich genauer im Zimmer um. Drei Betten, drei Nachtkästchen, ein Tisch, drei Stühle, alles weiß und chromglänzend, eine sonnengelbe Tür und ein signalroter

Türstock die einzigen Farbflecken. Ein Dreibettzimmer, aber ich bin allein. Offenbar lieben es die Leute nicht so sehr, im Sommer im Krankenhaus zu sein.

Schwimmbad ade! Ferien ade! Chromglanz statt Sonnenglanz. Krankenhausbett statt Sonnenliege. Krankenhausluft statt Sommerduft.

Meine Mutter kommt herein. Sie hat noch mit dem Oberarzt gesprochen, aber eigentlich hat er ihr auch nicht mehr gesagt als der behandelnde Arzt.

Mama rückt einen Sessel an mein Bett, schaut mich ganz bekümmert an und dann fängt sie wieder wegen dieses blöden Kirschkuchens zu jammern an.

»Hör auf!«, sage ich. »Es ändert jetzt nichts mehr.«

Meine Lippen sind ausgetrocknet. Mama gibt mir Wasser zu trinken. Sie hält das Glas an meine Lippen und ich trinke wie ein kleines Kind.

Hilflos – das ist alles, was ich denken kann.

»Ich geh jetzt nach Hause und hol dir ein paar Sachen«, sagt Mama. »Hast du einen besonderen Wunsch?«

Ich wüsste nicht, was ich mir wünschen sollte. In meiner Lage ist selbst das Wünschen anstrengend.

Leise geht Mama aus dem Zimmer.

Als ich aufwache, hat sich das Licht verändert. Ich muss den ganzen Nachmittag geschlafen haben. Was für ein Teufelszeug haben die mir gegeben?

Ich habe vergessen Mama zu sagen, dass sie Harry sagen soll, was passiert ist. Aber das hat sie sicher gemacht. Oder Harry hat selbst angerufen. Wenn ich an ihn denke, wird mir ganz heiß. Gleich wird die Tür aufgehen, Harrys dunkle Augen werden mich anstrahlen, er wird auf mich zugehen, mir einen Kuss geben und

sagen: »Na, du machst Sachen!« Er trägt ein weißes Tennishemd, eine weiße Tennishose, er schaut umwerfend aus in Weiß. Gleich wird er an die Tür klopfen und ... Es klopft. Es klopft tatsächlich. Das darf ja nicht wahr sein, dass er in dem Moment kommt, wo ich an ihn gedacht habe. Harry!
Mein Vater steht in der Tür. Er kommt an mein Bett, gibt mir einen Kuss auf die Wange. »Du machst Sachen!«, sagt er und lächelt mich an. Er hat eine Tasche mitgebracht.
»Mama schickt dir die Sachen«, sagt er.
»Habt ihr Harry verständigt?«, frage ich.
Papa runzelt die Stirn. »Ich bin hier und du fragst zuerst nach Harry.«
Mein Gott, was ist er gleich beleidigt? Ich habe keine Kraft für solche Lächerlichkeiten. Versteht er denn nicht?
»Habt ihr?«, frage ich.
»Ich weiß nicht, ob Mama ...«, sagt Papa zögernd.
Er hat also nicht.
»Sag ihm Bescheid!«, sage ich zu Papa. »Gleich heute. Oder spätestens morgen. Hörst du!«
Vielleicht hat auch Mama in der Aufregung darauf vergessen. Wahrscheinlich! Ganz sicher! Sonst wäre Harry schon längst da.
Ich seufze erleichtert und habe ein Gefühl, als würde ich mich im Bett weiter zurücklehnen. Wenn er nicht weiß, was los ist, kann er ja nicht kommen. Aber es ist sofort vorbei mit dem Zurücklehnen. Es ist der erste Ferientag und Harry hat nicht nach mir gefragt. Warum? Nein, das kann nicht sein. Er hat sicher angerufen. Wahrscheinlich war grad niemand zu Hause. Es war ja andauernd irgendwer unterwegs zu mir. Oder vielleicht war Harry verhindert. Aber wodurch?

Vielleicht war er schon da. Hat mich gesucht, hat gesehen, dass ich schlafe, und war so rücksichtsvoll, mich nicht zu wecken. Er hätte mich ruhig wecken können. Schlafen kann ich, wenn Harry nicht da ist. Bestimmt war er schon da. Ich seufze beruhigt und nun kann ich mich tatsächlich zurücklehnen.

Zum ersten Mal in meinem Leben bedaure ich, dass ich kein Handy habe. Ich habe immer über die Leute gelacht, die durch die Straße eilen, Handy am Ohr und laut und wichtig durch die Gegend sprechen. Oder in einem Geschäft stehen und sagen: »Du, ich steh da grad in dem neuen Design-Shop. Na, du weißt schon, der mit den tollen Sachen. Wo du vom poppigen Zahnbecher bis zum italienischen Doppelbett alles kriegst, ja, afrikanische Masken auch, nein, Spagettizangen nicht, das ist ein anderes Geschäft, na sag ich ja! Du, da ist ein Kästchen. Ganz in Chrom, mit zwei Laden und einer Tür. Also, das würde hervorragend in unser Badezimmer passen! Soll ich es kaufen?« (Würde hervorragend in dieses Krankenhauszimmer passen, denke ich jetzt, vielleicht ist es mir deshalb eingefallen.)

Zögern im Handy auf der anderen Seite. »Na ja, ist nicht so wichtig. Am besten, du schaust es dir selber an!«

Oder das Handy-Straßenbahn-Gespräch: »Du, ich bin auf dem Weg zu dir. Ja, schon ganz nah. Du, ich steig jetzt aus. Ja, du, ich steig jetzt aus. Ja, okay, ja, ich steh auf der anderen Straßenseite. Jetzt bin ich bei deiner Haustür. Ja, bis gleich, tschüssi!«

Also, alle diese Wichtigkeiten!

Wie gesagt, ich hab mich immer über die Handymen und Handywomen lustig gemacht. Aber jetzt wäre es ein großer, immenser, unermesslicher Vorteil, ein Han-

dy zu haben. Denn so bin ich völlig darauf angewiesen, was die Außenwelt an mich heranträgt.
Nichts ist drinnen, nichts ist draußen,
denn was innen ist, ist außen.
Irgend so ein gescheiter Mensch hat das einmal gesagt, Goethe vielleicht. Er hat viele gescheite Sachen gesagt. Das behauptet zumindest unser Deutschlehrer. Na, irgendwie stimmt das schon mit dem Innen und Außen. Mein Innenknöchel ist gebrochen und mein Außenknöchel auch. Haha.
Papa rückt näher an mein Bett. »Wie geht's dir, mein Schatz?«
»Optimal«, sage ich und grinse gequält. »Könnte wirklich nicht besser sein! Wie hat Miki die Sache aufgenommen?«
»Zuerst war er furchtbar aufgeregt. Peka, Peka, Baum fallen, hat er immer wieder gesagt. Gott sei Dank hat er sich bald beruhigt. Peka wieder gehen kann?, hat er dann gefragt. Er wollte dich gleich besuchen, aber ich habe ihn auf morgen vertröstet.«
Morgen. Morgen wird auch Harry kommen. Hoffentlich nicht gleichzeitig mit Miki. Das wäre nicht gut. Niemand soll da sein, wenn Harry kommt. Nicht einmal Miki. Schon gar nicht Miki.
»Vergiss nicht, Harry anzurufen!«, sage ich noch einmal mit Nachdruck.
»Jaja«, sagt Papa. Manchmal habe ich das Gefühl, er hat was gegen Harry. Aber vielleicht ist Papa nur eifersüchtig. Vielleicht sind Väter von Natur aus eifersüchtig auf den ersten richtigen Freund ihrer Tochter. Vielleicht ist das normal. Normalerweise kommt mir mein Vater ziemlich normal vor, also denke ich, es ist normal, dass

er auf Harry eifersüchtig ist. Mama hat da, glaube ich, weniger Probleme. Vielleicht ist das auch normal. Oder sie ist einfach mehr von Miki in Anspruch genommen. Es gab eine Zeit, da war ich eifersüchtig auf Miki. Heute denke ich, das ist absurd, und ich habe ein schlechtes Gewissen. Aber damals war es so. Miki brauchte so viel Aufmerksamkeit, Fürsorge und Zuwendung, ich hatte das Gefühl, dass für mich nichts mehr übrig blieb. Ich fühlte mich oft sehr allein. Mama war in sich gekehrt, sie sprach kaum etwas mit mir, nur das Notwendigste, und ich war selber sprachlos geworden. Und Papa – ich weiß nicht mehr genau, es ist schon so lange her.

»Du bist müde, nicht wahr?«, sagt Papa.

»Ja«, sage ich, »dabei habe ich den ganzen Nachmittag geschlafen. Die haben mich mit Drogen voll gepumpt.« Jetzt erst merke ich, dass mein Blasendruck ins Unerträgliche gestiegen ist. Und in dem Augenblick, wo mir das bewusst wird, fühle ich mich wie ein mit Wasser gefüllter Luftballon. »Du, Papa«, sage ich, »ich muss ...« Er klingelt nach der Schwester.

»Ja?«, sagt sie fragend. Eigentlich könnte sie wissen, was los ist, nach der langen Zeit, die ich schon hier liege.

»Schwester«, sage ich, »ich muss aufs Klo.«

»Ich bringe sofort die Schüssel«, sagt sie.

Da fällt mir das Herz in die Blase! »Die Schüssel?«, sage ich entgeistert.

»Na ja«, sagt sie, »aufstehen können Sie nicht.« (Sie sagt Sie zu mir.) »Und einen Katheter werden Sie ja nicht wollen.«

Katheter? O Gott, das ist dieses Plastikrohrdings, das sie dir reinbohren, wenn du nicht aufs Klo gehen kannst. Das sind ja Foltermethoden! Ich schlucke hörbar.

»Na also!« Sie bringt die Schüssel.
»Papa«, sage ich, »könntest du ...? Mir ist das peinlich.«
»Jaja«, murmelt er. »Natürlich. Entschuldige.« Und draußen ist er.
Die Schwester schiebt mir die Schüssel unter den Popo. Ich liege da, mit einem Blasendruck, der mich fast platzen lässt, aber es geht nicht. Es geht einfach nicht. Das ist zum Verzweifeln. »Ich kann nicht!«, sage ich und meine Stimme hat den Klang einer Sterbenden.
Und dann macht mir die Schwester doch einen Katheter. Als sie das Plastikröhrchen in mich einführt, schließe ich die Augen, ich will diese demütigende, unwürdige Prozedur nicht mit ansehen, o Gott, was wird noch alles über mich kommen – und unter mich – und in mich!
Es rinnt und rinnt, und als ich ausgeronnen bin, ist die Erleichterung unbeschreiblich. Ich bin ein neuer Mensch.
Die Schwester montiert mich wieder ab. Dabei kann ich sie sogar anschauen. Sie hat ein breites Gesicht, dessen auffälligstes Merkmal eine schwarze Hornbrille ist. Die schwarzen glatten Haare hat sie zu einem dicken Pferdeschwanz gebunden. Sie trägt das Folterinstrument weg. Papa setzt sich wieder an mein Bett, aber da er sieht, wie müde ich bin, geht er bald. Gute Nacht, Papa!
Eine andere Schwester kommt mit dem Abendessen. Aber ich mag nichts. Nur ein Glas Wasser. Nicht zu viel, die eine Katheter-Erfahrung hat mir gereicht. Nein, ich brauche auch keine Medikamente. Ich bin von der Infusion noch ganz benommen. Danke.

Ich schwitze. Es ist heiß im Zimmer. Und dunkel. Ich werde ein Fenster aufmachen, ich schlafe immer bei offenem Fenster, außer bei arktischen Temperaturen. Ich ... Scheiße, ich kann ja nicht aufstehen! Ich kann kein Fenster öffnen. Ich muss die Schwester rufen. Aber darf ich das, mitten in der Nacht, wegen eines Fensters? Ich weiß nicht. Wie lange habe ich geschlafen? Keine Ahnung. Der Knöchel pocht. Offenbar hat die Wirkung der Medikamente nachgelassen. Bis morgen früh hätte sie schon anhalten können. Und aufs Klo muss ich auch – nein, nicht schon wieder! Das ist nur der Schüssel-Stress! Ich spüre, dass Tränen über meine Wangen laufen. Gut, dass mich niemand sieht. Gut, dass ich allein im Zimmer bin.

Was bin ich nur für ein Idiot! Warum musste ich auf diesem blöden Ast so gottverdammt blöd herumschaukeln! Warum musste mir so etwas passieren, noch dazu am ersten Ferientag? Royal Blue. Shit!

Dabei hatte ich mich gerade auf diese Ferien so gefreut. Die ersten Ferien mit Harry. Wir wollten eine Radtour um den Neusiedlersee machen und segeln und rollerskaten und Tennis spielen und ins Kino gehen und und und ...

Warum musste das passieren? Und warum musste es jetzt passieren? Am ersten Ferientag! Das ganze Schuljahr lang war ich keinen einzigen Tag krank! Und am ersten Ferientag – das!

Ich läute nach der Schwester. Sie kommt herein, jung, hübsch, schlank, lächelnd – und das mitten in der Nacht!

»Ich ersticke hier«, sage ich. »Ich habe Schmerzen. Und ich muss aufs Klo!« Ich glaube, das hat jetzt sehr grob geklungen.

Sie bleibt freundlich. »Die erste Nacht ist immer die

schlimmste«, sagt sie und öffnet die Balkontür. Dann bringt sie mir die Schüssel, dreht den Wasserhahn auf, lächelt mir aufmunternd zu und geht aus dem Zimmer. Sie muss in direkter Linie von einem Engel abstammen. Das plätschernde Wasser hilft. Der elementare Akt glückt. Die Schwester holt die Schüssel und dreht das Wasser ab.
Ich atme tief durch. Die Luft ist lau. Ich habe Glück, mein Bett ist das erste neben dem Balkon. Ich habe sozusagen einen Fensterplatz.
Es ist windstill, was ungewöhnlich ist in unserer Gegend. Vor dem Balkon steht eine hohe Fichte. Von der Bundesstraße kommt Verkehrslärm. Am Himmel – Flugzeuglärm, erstaunlich lange. Militärhubschrauber vom Grenzeinsatz? Eine Linienmaschine? Ein Charterflug in den Süden?
Der Flugzeuglärm verebbt. Irgendwo knarrt eine Tür. Irgendwo läuft ein Fernseher, ganz leise. Eine Tür fällt zu. Schlurfende Schritte auf dem Gang. Ein Medikamentenwagen wird den Gang entlanggerollt. Ich höre das feine Klirren von Glas.
Gute Nacht, Harry, du ... Ich geb dir einen Kuss. Ich mag dich so, so schrecklich sehr! Ich habe Sehnsucht nach dir. Morgen wirst du kommen. Wenn du jetzt hier wärst, würde ich dich fest umarmen und küssen. Meine Arme kann ich ja gebrauchen und meinen Mund auch!
Wie er wollte geküsset sein:
Nirgendwo als auf den Mund,
da dringt's in des Herzens Grund,
nicht zu laut und nicht zu leise ...
Der gute Logau, ich mag Gedichte, ich mag die alten Barockdichter.

Am Beginn des neuen Jahrtausends ist es vielleicht nicht angebracht, Barockdichter zu mögen – oder doch? Die Vergänglichkeit ist immer ein Thema. *Du siehst, wohin du siehst, nur Eitelkeit auf Erden ...* Ich habe jedenfalls die Vergänglichkeit meines Knöchels beinhart gespürt. Warum hat Gott bei der Erschaffung des Menschen kein festeres Material genommen? Ich glaube, mein Geist fängt an sich zu verwirren. Ich kriege den Krankenhauskoller. Wenn du hier wärst, Harry, würde ich keinen Krankenhauskoller kriegen, sondern den Liebeskoller.
Die Schwester kommt mit einem kleinen Glas mit Medizin. »Trinken Sie das«, sagt sie, »dann werden Sie gut schlafen.«
»Danke, Schwester«, sage ich, »danke.«
Sie ist ein Engel.
Gute Nacht, Miki, mein Lieber. Ich geb dir einen Kuss. Schlaf gut, du brauchst dich nicht zu fürchten. Nein, da ist kein Geisterhund unter deinem Bett. Peka wieder gehen kann? Ja, Miki, ich werde wieder gehen können. Und du bist großartig. Du hast ganz schnell Hilfe geholt. Du hast alles sofort verstanden. Eigentlich verstehst du sowieso fast alles. Alles Wichtige jedenfalls. Alle Gefühle jedenfalls. Deine dunklen Augen, die manchmal so traurig wirken. Was weißt du von dir selbst? Was weißt du vom Leben? Gute Nacht, Miki, gute Nacht!
Die Nachtschwester schaut noch einmal nach mir.
Nein, danke, ich brauche nichts mehr, ich glaube, ich schlafe schon.

2.
Dienstag

Harry steht an meinem Bett. Er trägt eine weiße Tennishose und ein weißes Tennishemd. Er streckt mir die Arme entgegen.
Die Sonne blitzt durch das Fenster. Nein, das ist nicht Harry, das ist die Katheterschwester mit dem schwarzen Pferdeschwanz, die steht neben mir und streckt mir das Fieberthermometer entgegen.
Nach ein paar Minuten kommt sie wieder, liest es ab und trägt es ins Krankenblatt ein. »Wie viel?«, frage ich. »37,5«, sagt sie. »Etwas erhöhte Temperatur. Nicht weiter schlimm.« Nicht weiter schlimm! Sie hat leicht reden. Schlimm genug. Fieber! Mir wird gleich ganz heiß.
»Wie spät ist es?«, frage ich.
»Sechs Uhr«, sagt sie.
»Wie bitte?«, sage ich. Das darf ja nicht wahr sein! Die wecken einen mitten in der Nacht auf. Und das in den Ferien. Als ob 37,5 Grad Fieber messen das Wichtigste auf der Welt wäre.
Und jetzt – nein, nicht schon wieder aufs Klo. Ich halte das nicht aus! Ich halte das schon jetzt nicht mehr aus, wie soll ich das zwei Wochen aushalten?
Ich schaue aus dem Fenster. Auch dieser Tag ist Royal Blue, aber meine Stimmung ist Beggar's Darkest Night Black. Ich möchte mich am liebsten verkriechen. Und kann mich nicht einmal zur Wand drehen.

Wenig später bringt eine Hilfsschwester das Frühstück. (Man erkennt sie an den blauen Kitteln, die »richtigen« Schwestern tragen Weiß.) Sie klappt die Tischplatte am Nachtkästchen hoch und dreht es zu mir. »Kaffee, Tee?«, fragt sie.
In Krankenhäusern, Internaten, Jugendherbergen und Gefängnissen aller Art ist Tee besser als Kaffee, sagt meine Mutter immer. Beim Tee kann man nicht viel vermasseln. Teebeutel bleibt Teebeutel. Heißes Wasser draufschütten kann jeder. Aber Kaffeekochen ist eine Kunst, oh!
»Tee, bitte!«
»Mit oder ohne Zucker?«
»Mit!«
Sie schenkt ein, ich trinke. Ich schüttle mich. Das ist das reinste Zuckerwasser! Brrr!
»Könnte ich noch eine Tasse ohne haben?«
»Ohne Tee?«
»Ohne Zucker!«
»Ach ja.« Sie schenkt eine zweite Tasse voll. Ich trinke. Der Tee schmeckt nach Tee.
In Zukunft nur mehr ohne Zucker! Sonst verlasse ich dieses Krankenhaus mit einer ausgewachsenen Diabetes.

Eva ist da. Steht plötzlich mitten im Zimmer. Ich muss nach dem Frühstück noch einmal eingeschlafen sein. Und da steht Eva, mit ihren dunklen Augen und ihrem glänzend braunen Pagenkopf. Ihre Haare sehen immer aus wie aus der Fernsehwerbung für Haarshampoo. Sie trägt die Bluse, die ich ihr vor kurzem geschenkt habe, eine dünne dunkelbraune Bluse mit zarten weißen Blu-

men darauf. Sie hält einen riesigen Wiesenblumenstrauß in der einen Hand und einen Korb in der anderen. Ein bisschen sieht sie aus wie das Rotkäppchen. Sehe ich aus wie die Großmutter?
Sie gibt mir einen Kuss. »Ich muss erst diese Blumen loswerden«, sagt sie und holt eine Vase. Der Strauß wirkt optimistisch, wie er da auf dem Fensterbrett steht, ein buntes Gebilde aus Margeriten, Kuckuckslichtnelken, Glockenblumen, Hahnenfuß und Gräsern.
Eva hat mir außer den Wiesenblumen noch eine Schachtel Bonbons mitgebracht, Mandel und Trüffel, Marzipan und Nougat, Krokant und Haselnuss. Ich *werde* mit einer ausgewachsenen Diabetes heimkommen!
Ich nehme die Schachtel in die Hand, beäuge die abgebildeten Köstlichkeiten, wiege die Schachtel hin und her und dann kann ich nicht länger widerstehen. Ich reiße die Zellophanhülle auf, öffne die Schachtel, lasse meine Augen über die braunen Wunderwerke spazieren, meine Finger werden zur Schokoladenzange, mein Mund ein Schokoladensee. Und dann bleibt noch die Nuss, schokoladebreiumhüllt im Mund, und ich beiße am Schluss voll Genuss in die Nuss. Da, bitte, Eva, nimm dir auch von diesen Köstlichkeiten, geteilte Diabetes ist halbe Diabetes. Mmmm! Wir lutschen und mampfen und schlucken und lachen.
Dann zieht Eva ein Tuch aus dem Korb hervor. Sie hat mit einem T-Shirt-Painter darauf gemalt. Das Bild zeigt mich, wie ich grad vom Baum segle, mit weit gespannten Flügeln, und darunter steht: Petra will ein Vogel sein.
»Gemeines Aas!«, sage ich und wir lachen.
»Einen besseren Zeitpunkt hast du dir für deine extrava-

ganten Eskapaden nicht aussuchen können!«, sagt Eva.
»Wie ist es denn passiert?«
Eva ist eine gute Zuhörerin. Bei ihr kann ich mit Royal Blue beginnen. Das kann man nicht bei allen. Bei manchen muss man mit Kirschkuchen beginnen und bei anderen mit Schwingen von Ast zu Ast. Aber bei Eva kann man mit Royal Blue beginnen. Oder mit Night Crow Black oder Rocky Horror Red – oder was es halt grad ist.
»Du Ärmste!«, sagt Eva am Ende meiner Schilderung. »Und Miki? War er erschrocken?« Eva mag Miki. Sie kann auch gut mit ihm umgehen. Miki ist begeistert von Eva. »Eba lib!«, sagt er, immer wenn er sie sieht.
Ach, Gott, nein, ich muss schon wieder. Und diesmal die große Ladung. Die haben mir am Morgen zwecks Initialzündung dieses Prozesses irgendeine dickliche weiße Milch gegeben. Mir ist das peinlich, selbst vor Eva. »Kein Problem«, sagt sie, »Scheißen ist menschlich! Bettpfanne oder Leibschüssel, das ist hier die Frage!« Ich lache. Ich mag Eva wegen ihrer markigen Sprüche. Eva geht und holt selbst die Schüssel. »So, Arsch hoch!«, sagt sie und ich lache noch einmal. »Alles kein Problem. Ich gehe ein bisschen hinaus.«
Während ich mein Geschäft verrichte, sinniere ich über »Bettpfanne oder Leibschüssel, das ist hier die Frage!« Beide Wörter klingen mehr nach Kochen als nach dem Gegenteil. Das Erste klingt, als ob man im Bett etwas braten würde. (Na ja, warm ist es ja, was man hineinlegt.) Das Zweite klingt wie die Aufbewahrungsstätte eines Leibgerichts und das kommt der Sache schon näher, haha. Jedenfalls – die Sache stinkt! Es ist unangenehm, entwürdigend, peinlich. O Scheiße, ich hasse

es! Am liebsten würde ich das Ding gar nicht benützen, aber das ist auch nicht sehr gesund.
Hoffentlich kommt Harry nicht gerade dann, wenn ich auf der Schüssel throne. Ich würde sterben, wenn er mich in diesem »Aggregatzustand« sehen würde. Vermutlich hätte ich dann grad einen großen Haufen in die Schüssel gelegt und der würde bestialisch stinken. Und die Schwester würde kommen und mir den Popo auswischen, sie würde Harry hinausschicken, aber er würde ja auf Grund des Gestankes schon wissen, was los ist. Ein Horrorszenario.
Ich rechne: Jeden Tag etwa fünf bis sechs Mal dieses Ding unter dem Popo, macht in vierzehn Tagen 70 bis 84 Leibschüssel- oder Bettpfannengänge. Vier (oder wie viel?) habe ich schon hinter mir, bleiben 66 bis 80. O Gott! Ich werde eine Strichliste machen und jedes Mal einen Strich wegstreichen. Das (Über-)Leben ist schwer!
So. Geschafft. Ich muss eine Technik entwickeln, wie ich den Schüsselgang allein beenden kann. Überlegung, Überlegung! Zuerst das Klopapier aus dem Nachtkästchen nehmen und ein paar Blätter abreißen. So. Ich greife mit der linken Hand auf das Gestänge über dem Bett, mit dem gesunden Bein stütze ich mich ab, ich hieve mich hoch und mit der freien Hand benutze ich das vorher abgerissene und vorbereitete Klopapier. Pfff, das ist ja großartig, das funktioniert! Sehr gut sogar. Ein Schritt in die Unabhängigkeit ist getan. Ich bin begeistert von meiner eigenen Leistung! Die Schwester kommt und trägt das Geschirr hinaus. Dann bringt sie mir die Waschschüssel. Alles bestens. Die Fenster sind weit offen, gut, ich möchte nicht in einem Klo wohnen.
Eva kommt wieder herein.

»So, jetzt können wir zum gemütlichen Teil übergehen«, sage ich. »Was gibt's bei dir Neues?«
»Wir fliegen nach Tunesien«, sagt Eva. »Restplatzbörse – ziemlich billig.«
Tunesien! Wir waren voriges Jahr dort. Vor meinen Augen entstehen Bilder von Sanddünen und Kamelen und Oasen und subtropischen Gärten und einem Hotel wie aus 1001 Nacht mit Palmen und Brunnen und dem süßen Duft von exotischen Blumen, mit Torbögen voll lila Blüten und 35 Katzen im Hof, die sich um Essensreste balgen, mit Meer und Wellen und Saharawind und Leintüchern, so heiß wie frisch gebügelt, und Sand, auf dem man nicht laufen kann, ohne sich die Sohlen zu verbrennen, und der Geschmack von Couscous, von Melonen und den Früchten des Feigenkaktus und von Kellnern, die in ihren Gesprächen scherzhaft Frauen in Kamelen aufwiegen. Und Miki, wie er lachend in die Wellen läuft.
Tunesien. Beneidenswert! Und ich liege da und kann nicht einmal einen Schritt gehen. Ein Seufzer entfleucht meinem Mund.
»Tut mir Leid«, sagt Eva. »Ich will gar nicht, dass es mir gut geht und dir schlecht.«
Da muss ich vor lauter Rührung und Selbstmitleid gleich noch ein paar Schokoladepralinen essen. Diabetes und Mastschwein – ahoi!
Es klopft. Das wird Harry sein. Das muss Harry sein!
Eine weiße Männergestalt schiebt sich zur Tür herein und dann noch eine und noch eine. Das ist nicht Harry, sondern die Vormittagsvisite.
»Ich gehe jetzt besser – bis morgen«, sagt Eva, gibt mir einen Kuss und verschwindet.

Der Primar und sein Rattenschwanz gruppieren sich um mein Bett.
»Na, wie geht's uns?«, fragt der Primar und ich entgehe nur knapp der Versuchung zu sagen: Wie es Ihnen geht, weiß ich nicht. Mir geht es schlecht! Aber ich sage: »Danke, gut!«, wie es sich für einen braven Patienten gehört.
Der Primar ist – bei näherer Betrachtung – ein netter älterer Herr mit schmalem Gesicht und grauen Haaren, ich bin froh, dass ich ausnahmsweise den Mund gehalten habe.
Ausnahmsweise, habe ich eben gedacht, aber so ist es nicht. In Wirklichkeit schlucke ich sehr oft etwas runter. Als Miki geboren wurde, habe ich nur geschluckt. Zumindest kommt es mir in der Erinnerung so vor.
Der Primar erklärt mir noch einmal, was passiert ist: Ich habe mir bei dem Sturz vom Baum den Knöchel des linken Beines gebrochen. (Das hab ich inzwischen mitgekriegt.) Und zwar den äußeren und den inneren. (Weiß ich auch schon.) Ich muss nun etwa zwei Wochen hier liegen. (Auch nichts Neues!), bis der Knöchel abgeschwollen ist und ich einen Gehgips kriegen kann. Es ist ein glatter Bruch, das Sprunggelenk wird gut verheilen, allerdings wird es nach Abnahme des Gehgipses eine Weile dauern, bis ich die vollständige Bewegungsfähigkeit des Knöchels wiedererlangen werde.
»Wie lange?«, frage ich.
»Na ja«, sagt er, »lassen Sie mich rechnen.« Auch er sagt Sie zu mir. »Zwei Wochen Liegegips, acht Wochen Gehgips, danach noch einmal zwei bis drei Wochen, bis Sie den Fuß voll belasten können. Nötigenfalls brauchen Sie auch eine physikalische Therapie, Gymnastik vor allem.«

Das ist ja eine Prozedur von drei Monaten. Juli, August, September – ach du liebe Scheiße!
»Nun machen Sie nicht so ein trauriges Gesicht!«, sagt der Primar. Er hat leicht reden!
Ich versuche zu lächeln und sage: »Was sind drei Monate gegen die Ewigkeit!« Das sagen wir immer so, Eva und ich.
Miki, das ist die Ewigkeit. So gesehen ist alles andere bedeutungslos.
»Es wird schon werden«, sagt der Primar und dann geht er wieder mit seinem Rattenschwanz. Ja, es wird schon werden. Es wird ja immer irgendwie.
Draußen sind sie. Und ich liege da. Und Harry ist noch immer nicht gekommen. Ich verstehe das nicht. Ich bin so scheißdrauf. Dieser blöde Fuß, wegen dieses blöden Kuchens, der dann sowieso nie gebacken wurde, und draußen scheint die Sonne und es hat sicher 30 Grad und hier drinnen hat es 130 Grad und ich liege da und schwitze und stinke. Nein, ich will nicht weinen, ist ja alles nicht so schlimm, was ist denn schon passiert, nichts Endgültiges, nichts Unabänderliches, nichts, was die Zeit nicht heilen kann.
Warum kommt Harry nicht? Warum? Warum? Warum meldet er sich nicht? Es wird ihm doch nichts passiert sein! Vielleicht ist er krank und wundert sich, warum ich ihn nicht besuche oder wenigstens anrufe. Vielleicht liegt auch er im Krankenhaus und wir wissen nur nichts voneinander.
Schwester, eine Frage ... Könnten Sie ausfindig machen, ob ein gewisser Harry H ...? Warum? Ach, nur so ...
Nein, sie würde sofort Lunte riechen.
Die Tür geht auf. (Hier geht die Tür andauernd auf,

merke ich.) Zwei Schwestern kommen herein, die Katheterschwester und eine, die ich bis jetzt noch nicht gesehen habe. »Wir werden Sie ein wenig frisch machen«, sagt die Neue. Sie stellen eine Waschschüssel an mein Bett und dann waschen Sie mich von Kopf bis Fuß, die eine links, die andere rechts. Anfangs ist es mir peinlich, denn seit ich ein ganz kleines Kind war, bin ich von niemandem gewaschen worden. Aber es tut gut und ich fühle mich erfrischt.
Dann bringen sie mir frisches Wasser und das Zahnputzzeug. Ich putze mir die Zähne und spucke in die Waschschüssel. Weiße Zahnpastaschaumkronen schwimmen auf dem Seifenwasser. Es schaut unappetitlich aus.
Die Schwestern sind nett, trotzdem will ich lernen, so viel wie möglich allein zu machen. Ich will meine Selbstständigkeit nicht ganz verlieren. Aber wenn Harry nicht bald kommt, werde ich mein Selbstbewusstsein verlieren. Es ist sowieso nicht mehr viel davon übrig. Beim Gedanken an Harry laufen mir schon wieder Tränen über die Wangen. Was ist los? Ich bin doch sonst nicht so mimosenhaft.
Die Katheterschwester ist inzwischen gegangen. Die Neue stellt sich an mein Bett. »Sind Sie traurig?«, fragt sie. (Immerhin hat sie nicht Sind wir traurig? gefragt.) Ich nicke.
»Das verstehe ich«, sagt sie.
Ach ja, alle verstehen immer alles, dabei versteht keiner etwas.
»Am Ferienbeginn ...«
Ja, na ja, gut, das versteht sie gerade. Versaute Ferien, das versteht jeder. Aber warum ich wirklich traurig bin, was mich so unsicher macht, was dieses flaue Gefühl im

Bauch verursacht, was mich alle fünf Minuten zum Weinen bringt, was mich so schwach macht – das weiß die Schwester nicht und kann es daher auch gar nicht verstehen.

Verdammt noch mal, Harry, warum tust du mir das an? Warum machst du mich so schwach? Du solltest hier sein und mich trösten!

»Ich heiße Marion«, sagt die Schwester und gibt mir die Hand.

Ach ja, Schwestern tragen auch Namen und nicht nur weiße Kittel. Ich schaue Schwester Marion an. Vorher, beim Waschen, habe ich sie gar nicht richtig angesehen. Ich bin ein echter Idiot! Ich muss mir angewöhnen, den Schwestern ins Gesicht zu schauen. Sie nicht nur in ihrer Funktion, sondern als Menschen wahrzunehmen. Schwester Marion ist jung, ein wenig mollig, hat ein hübsches rundliches Gesicht mit kinnlangen blonden Haaren. Das ist alles nicht so ungewöhnlich. Aber ihre Augen – also, solche Augen habe ich noch nie gesehen. Große Augen, außergewöhnlich große Augen, tiefblau und strahlend.

»Wie alt sind Sie, Schwester Marion?«, frage ich.

»25«, sagt sie.

»Und wie lange sind Sie schon Krankenschwester?«

»Sechs Jahre«, sagt sie. »Von 16 bis 19 war ich auf der Schule und seither arbeite ich hier.«

»Lieben Sie Ihren Beruf?«

»Ja, sehr«, sagt sie. »Man kann ihn nur ausüben, wenn man ihn liebt. Sonst hält man es nicht aus. Und man wäre auch fehl am Platz. Das wären arme Patienten, die von Schwestern gepflegt würden, die ihren Beruf nicht lieben.«

Ich glaube, in diesem Krankenhaus stammen alle Schwestern in direkter Linie von einem Engel ab. Na ja, ich werde es herausfinden.
»Ich muss weitermachen«, sagt Schwester Marion.
Ich nicke. Sie hat mich aus meinem Trübsinn gerissen. Das war gut! Ich frage sie noch schnell nach den Namen der Katheterschwester und der Nachtschwester. Die Katheterschwester mit dem dicken Pferdeschwanz heißt Manuela und die Nachtschwester Tamara.
Schwester Marion geht. Es klopft. Die Putzfrau kommt. Ich nicke ihr zu. Ich werde sie später als Mensch wahrnehmen. Jetzt bin ich müde. Die Gespräche strengen an.
Die Putzfrau sprüht irgend so ein Putzmittel auf das Nachtkästchen, wischt darüber, ebenso über Tisch und Stuhl und die Chromteile des Bettes. Ich kriege einen Hustenanfall. Die Putzfrau geht. Nun wird hoffentlich ein wenig Ruhe sein.
Nach ein paar Minuten kommt eine zweite Putzfrau und reinigt das Waschbecken. Und danach kommt eine dritte, die für die Bodenpflege zuständig ist, mit einem Riesenapparat von Bodenaufwaschmaschine, mit der sie gegen sämtliche Betten kracht. Von dem Bodenaufwaschmittel kriege ich noch einen Hustenanfall.
Wenn ich dieses Krankenhaus verlasse, werde ich ein schokoladesüchtiges, diabetisches, asthmatisches Mastschwein ohne Selbstbewusstsein sein. Fein.
Ich glaube, ich schlafe jetzt ein bisschen. Im Krankenhaus liegen ist anstrengend und stressig. Da denkt man, es sei ein Vorgeschmack von »Liegen in der Gruft« – so mit null Action und stinklangweilig und Schlafen – und in Wirklichkeit hat man überhaupt keine Ruhe.

Jetzt bin ich müde. Ich hab heute schon immens viel geleistet:
Frühaufstehen, Fiebermessen, Schüsselliegen, Waschen, Zähneputzen, Frühstück, Evas Besuch, Visite, Schwester Marion, drei Putzfrauen, das reicht. Augen zu! Augen zu!

Ich habe tatsächlich ein wenig geschlafen. Und wache pünktlich zum Mittagessen auf. Es gibt Geselchtes und Kartoffelpüree. Und eine saure Gurke. Das Essen gehört eindeutig in die Kategorie »Mastschwein-Kur«. Also, wenn man nicht schon von vornherein krank ist, dann wird man es von diesem Essen garantiert. Ich versteh das nicht. Die könnten hier doch wirklich etwas Gesundes kochen. Aber es heißt ja »Krankenhaus« und das hier ist eine »Krankenkost« – wer davon kostet, wird krank. (Ha ha, Petra, deine Scherze waren auch schon besser.) Ich esse das Kartoffelpüree, es schmeckt fad und salzlos, und ein paar Bissen von dem Geselchten, es ist versalzen. Die saure Gurke ist um eine Spur zu sauer. Oder bin ich einfach nur um eine Spur zu heikel? Bis jetzt haben meine Geschmackspapillen ziemlich gut funktioniert! Als Nachspeise gibt es einen trockenen Biskuitkuchen und dazu Tee. Diesmal nehme ich gleich die ungesüßte Version.
Nach dem Mittagessen ist die offizielle Besuchszeit. Von ein Uhr bis drei Uhr. Heute wird Harry kommen. Ich fühle es. Ich weiß es.
Es klopft. Verdammt, es klopft! Wieso klopft es? Es ist zu früh. Ich wollte mich noch stylen. Na ja, soweit das in meiner Lage möglich ist. Frisieren zumindest. Oder wenigstens einen Blick in den Taschenspiegel werfen, den mir Mama gestern geschickt hat.

Es klopft und in der Tür steht – Harry! O Gott, ich sehe wahrscheinlich grässlich aus. Ich sehe sicher grässlich aus. Zeichnen sich die Mastschwein-Ansätze schon ab? Wenn er nur ein paar Minuten später gekommen wäre! Dann hätte ich mich noch ein bisschen »frisieren und panieren« können – so sagt mein Vater immer. Aber andererseits – es ist ja süß, dass er früher kommt, er hat es gar nicht erwarten können, bis die Besuchszeit beginnt. Harry!
Er steht in der Tür, er schaut herum, als würde er mich suchen, dabei ist außer mir niemand im Zimmer.
»Hallo, Harry!«, sage ich. Er ist genauso angezogen, wie ich mir das vorgestellt habe: weiße Tennishose, weißes Polohemd, weiße Tennisschuhe. Langsam geht er auf mich zu. Ein Hauch von seinem Rasierwasser strömt mir entgegen. Ich hätte mich wenigstens ein bisschen parfümieren sollen, hoffentlich stinke ich nicht.
Harry kommt an mein Bett, sagt »Hallo, Petra« und gibt mir einen flüchtigen Kuss auf die Wange. O Gott, ich stinke wahrscheinlich doch, deshalb gibt er mir keinen richtigen Kuss. Oder?
Harry bleibt neben meinem Bett stehen.
»Setz dich zu mir!«, sage ich. »Ich freu mich so, dass du gekommen bist!« Er scheint unschlüssig, wo er sich hinsetzen soll, na komm schon, Harry, setz dich zu mir, auf mein Bett. Harry sucht nach einem Stuhl und rückt ihn ans Bett.
»Wie geht's dir, Petra?« O, seine Stimme! Ich liebe seine Stimme!
»Na ja«, sage ich, »das siehst du ja.«
»Ich hab dir leider nichts mitgebracht«, sagt er. »Ich hatte keine Zeit, etwas zu besorgen.«

»Das macht nichts. Die anderen mästen mich sowieso.«
»Wie ist es passiert?«, fragt er.
Ich zögere einen Moment. Ich weiß nicht, ob ich bei Royal Blue anfangen kann. Ich fange beim Sturz an und hole nur ein wenig die Vorgeschichte herein.
Harry hört zu, nickt beifällig, sagt hm, also, na so was, schlimm und wie lang wirst du hier bleiben müssen? Ich habe das Gefühl, dass er ein bisschen wie auf Nadeln sitzt. Er schaut auf die Uhr und sagt: »Du, ich muss gehen. Ich hab um zwei ein Match. Heute beginnt der City-Cup. Die Termine stehen schon lange fest ...«
Natürlich, selbstverständlich. Man kann nicht von vornherein einplanen, dass jemand vom Baum fallen wird.
»Klar!«, sage ich. Termine müssen eingehalten werden. Der City-Cup bedeutet Harry viel.
Harry gibt mir einen leichten Kuss auf den Mund. Vielleicht stinke ich doch nicht. »Mach's gut!«, sagt Harry. An der Tür dreht er sich noch einmal um und winkt. Es war toll, dass er vor dem Tennismatch noch schnell vorbeigeschaut hat. Sicher kommt er nachher wieder. Für länger. Wir haben ja jetzt kaum etwas miteinander gesprochen. Aber er war da! Harry war da! Er hat mich besucht. Er hat mich geküsst.
»Sie lächeln ja wie ein Weihnachtsengel«, sagt Schwester Marion.
Mein Lächeln wird noch breiter. Ich merke es an dem Lächeln, das ich als Spiegelbild auf Schwester Marions Gesicht erzeuge.
»Brauchen Sie noch etwas vor der Besuchszeit?«, fragt Marion.
Ich schüttle den Kopf. Im Moment brauche ich gar nichts.

Es klopft. Miki stürmt an mein Bett und busselt mich ab.
»Peka, Peka!«, ruft er aufgeregt. »Peka gut? Fuß weh?«
Ich lache. »Ja, Miki, es geht mir gut. Mein Fuß tut mir nicht weh.«
Miki hat mir einen seiner kleinen Teddybären mitgebracht. Er hält den Teddybär hoch, fuchtelt damit vor meinem Gesicht herum und sagt: »Teddy bei Peka beiben, Teddy dabeiben in Bett.«
»Hör auf, Miki«, sage ich, »sonst muss ich vor lauter Rührung weinen.«
»Peka ni weinen!«
»Nein, nein, Miki, ich weine nicht.«
Er nickt zufrieden und fuchtelt noch ein paar Mal mit dem Teddybären vor meinem Gesicht herum. Dazu singt er lalalalalala.
Mama setzt sich an mein Bett. »Wie geht's dir, mein Schatz?«
»Gut«, sage ich und sie lächelt. Ich weiß genau, dass sie mir am Gesicht ablesen kann, dass Harry da war.
»Petra«, sagt Mama, nachdem ich ihr meinen ersten Tag im Krankenhaus geschildert habe, »tut mir Leid, dass ich dich gleich damit überfalle, aber ich muss das jetzt mit dir besprechen.«
Ich kann mir schon denken, was kommt. »Fahr nur!«, sage ich. »Fahr und mach dir keine Sorgen.«
»Meinst du wirklich?«, fragt sie zögernd.
»Ganz wirklich!«, sage ich.
Mama hat eine Reise gebucht. Zwei Wochen Kreta, für uns beide. Sie wollte, dass wir zwei einmal eine intensive Zeit verbringen. Weg von zu Hause, ohne Papa, ohne Geschäft und ohne Miki. Und jetzt ist die Reise nicht ins Wasser, sondern vom Kirschbaum gefallen. Am

Donnerstag, also übermorgen, sollte die Abfahrt sein. Mama hat sich schon so gefreut. Seit Wochen trifft sie Vorbereitungen, überlegt, breitet Sachen auf dem Bett im Gästezimmer aus, legt sie wieder weg und ersetzt sie durch andere. Sie schien so glücklich, wenn sie das tat, ich dachte, sie freut sich auf diese Reise wie ein Kind, und ich glaube, ich freu mich gar nicht so. Und dann dachte ich, vielleicht ist es deshalb, weil sie das erste Mal seit Mikis Geburt ohne ihn wegfährt, nicht dass sie Miki nicht liebt, sie liebt ihn sehr, aber das erste Mal seit Jahren wieder ein Gefühl von Freiheit spüren, Leichtigkeit, Unabhängigkeit – wenn auch nur für zwei Wochen.
»Du fährst auf jeden Fall!«, sage ich. Sie braucht diese Reise. Sie muss sowieso immer für alle da sein. Und jetzt muss sie einmal für sich allein sein.
»Aber ich habe ein schlechtes Gewissen, wenn ich dich hier allein zurücklasse.«
»Brauchst du nicht«, sage ich. »Ich bin bestens versorgt. Ich habe ein Zimmer mit Aussicht und Vollpension.«
Auf ihren skeptischen Blick hin sage ich: »Ich muss sowieso hier liegen, ob du da bist oder nicht.« In ihrem Gesicht sehe ich ein leichtes Zucken. »Versteh mich nicht falsch«, sage ich. »Nicht, dass es keinen Unterschied ausmacht, aber tu es für dich und vor allem, tu es ohne schlechtes Gewissen! Bitte.«
Ihr Gesicht entspannt sich. »Sibylle hat auch gesagt, ich soll fahren. Sie wird schon auf euch alle schauen, hat sie gemeint.«
Sibylle ist Mamas Schwester. Sie lebt in Wien. Es war ausgemacht, dass sie sich während unseres Urlaubs um Miki kümmert.

»Sibylle könnte mit dir fahren«, sage ich, »statt mir.«
»Meinst du, dass Papa allein zurechtkommt?«, fragt Mama.
»Ich glaube schon«, sage ich. »Im Geschäft ist zurzeit nicht viel los. Frau Annemarie könnte tagsüber auf Miki aufpassen. Und ich habe hier alles, was ich brauche.«
Irgendwie finde ich es sogar gut, dass Mama wegfährt. Denn dann kommt sie nicht dauernd angetanzt und Harry und ich sind ungestört. Was braucht man eine Mutter, wenn man einen Freund hat!
Gleich nach dem Tennismatch wird Harry kommen und den ganzen Abend bei mir verbringen. In diesem Krankenhaus nimmt man es mit den Besuchszeiten nicht so genau. Wenn Harry da ist, werden sich die Schwestern mit einem Augenzwinkern verabschieden, sie werden ein wenig verdächtig räuspern, aber sie werden Harry und mich nicht stören. Harry wird mich küssen und meine Hand halten. Ich werde mir vorher die Zähne putzen – shit, da brauche ich wieder eine Schwester, die mir Wasser bringt. Du, Mama ... Sie lächelt. Wissend? Wahrscheinlich. Sie bringt mir Zahnputzzeug und Waschschüssel.
Ich muss meine Hilflosigkeit in den Griff kriegen. Mich besser organisieren, damit ich nicht für jeden Handgriff fremde Hilfe brauche.
Eine Flasche mit Wasser auf das Nachtkästchen, das Waschzeug in erreichbarer Nähe. Schminkzeug, Taschenspiegel, Taschentücher in die Lade, ja, so ist es gut, Mama richtet mir alles nach meinen Wünschen zurecht.
»Wir werden jetzt gehen«, sagt sie dann. »Ich frage Sibylle, ob sie statt dir fahren will. Ich bin schon ewig nicht

mehr mit ihr ... Es wäre wie in alten Zeiten.« Sie gerät fast ein wenig ins Schwärmen. Unwillkürlich presse ich die Lippen zusammen.

»Entschuldige«, sagt Mama, »ich habe das Gefühl, dass ich dir andauernd wehtue.«

Ich schüttle den Kopf. Ich spiele wie immer die Starke und Vernünftige. Diese Rolle habe ich seit Mikis Geburt gespielt und sie wird von allen sehr geliebt, auch von mir selbst. Aber wenn ich ganz ehrlich bin: Es tut schon ein bisschen weh zu sehen, wie leicht ersetzbar ich bin.

»Soll ich nicht doch zu Hause bleiben?«, fragt Mama – sie hat ganz runde Augen gekriegt – und da bin ich wieder versöhnt.

»Nein«, sage ich, »und jetzt Schluss!«

»Teddy in Kankenhaus beiben«, sagt Miki noch einmal, bevor sie beide gehen.

Ich atme tief durch. Ich rechne: Harry war knapp vor ein Uhr hier. Um zwei hat vermutlich das Tennismatch begonnen, das dauert etwa bis vier, spätestens um fünf müsste er da sein. Jetzt ist es halb fünf. Das heißt, mir bleibt nur mehr eine halbe Stunde Zeit ...

Die Zähne sind geputzt. Ich angle die Haarbürste aus der Lade des Nachtkästchens. Meine Haare sind verfilzt. Es ist mühsam, sie zu bürsten. Nun noch etwas Makeup ins Gesicht, einen Hauch nur, denn ein wenig leidend muss ich schon aussehen. Ein Blick in den Taschenspiegel lässt mich nicht unzufrieden zurück. Die rostroten Haare glänzen, mein Gesicht zeigt keine Mastschwein-Ansätze, die Backenknochen zeichnen sich noch deutlich ab, meine grünblauen Augen strahlen vor lauter Vorfreude.

So. Nun »wäre ich angerichtet«. Ich muss lachen. »Ich

wäre angerichtet« ist ein Running Gag in unserer Familie. In einem ururalten Film sagt der Butler immer, wenn das Essen fertig ist: Es wäre angerichtet. Wir haben das auf uns umgelegt und sagen immer, wenn wir ausgehfertig sind: Ich wäre angerichtet.

Ich lege den Taschenspiegel beiseite, trinke noch einen Schluck Wasser, ich hätte mir Pfefferminzbonbons bringen lassen sollen. Ich muss mir das gleich notieren, Schreibzeug hat Papa mir gestern gebracht.

O nein, nicht schon wieder! Nein, jetzt nicht. Ich verweigere den Schüsselgang! Das ist Terror! Du blöde Blase du, du kannst mich am A ... Na, du weißt schon ... Du bist jetzt unwichtig. Du musst warten, denn ich kann nicht riskieren, dass Harry in die Schüssel-Sitzung platzt. Katheterschwester Manuela kommt herein, zupft dies und das an meinem Bett zurecht und hält mir gleichzeitig einen politischen Vortrag. Atomkraftwerke, grenznahe Atomkraftwerke im Besonderen und Kindesmissbrauch inklusive Kinderpornos im Internet sind offensichtlich ihre Lieblingsthemen für flammende Verdammungsreden. Da ich in allen Punkten der Verdammungswürdigkeit derselben Meinung bin, ist unsere Diskussion bald erschöpft. Gott sei Dank, denn ich habe jetzt wirklich keine Nerven dafür. Das Match muss längst vorbei sein. Na ja, manchmal gibt es zähe Partien, wenn die Gegner gleich stark sind, wenn jeder von beiden unbedingt gewinnen will, dann kann sich so ein Match schon in die Länge ziehen. Vielleicht ist Harry gerade heute an so einen Gegner geraten. Ich habe nicht gefragt, gegen wen er spielt. Aber er hat es nicht gern, wenn ich ihn ausfrage. Eigenartig, mir ist das noch nie so deutlich zu Bewusstsein gekommen: Dass er

mich nie ganz an sich heranlässt. Dass ich frage und dann plötzlich den Eindruck habe, es sei nun eben um eine Frage zu viel gewesen. Als wollte er einen unsichtbaren Kreis um sich ziehen, den ich nicht überschreiten kann. Warum ist das so? Er weicht mir aus, habe ich manchmal gedacht, aber jetzt denke ich, nein, er ist mir nicht ausgewichen, im Gegenteil, er ist stehen geblieben und hat diesen magischen Kreis um sich gezogen. Ich bin dagestanden, ein wenig hilflos, wusste nicht recht, was tun, sagte meist nichts mehr.
Fort mit diesen Gedanken! Noch ein Blick in den Spiegel, ich sehe nicht schlecht aus, jedenfalls nicht schlecht für eine, die sich gestern das Bein gebrochen hat. Ich hätte ein frisches Nachthemd anziehen sollen, aber jetzt ist es zu spät, jeden Moment kann …
Die Tür geht auf, herein kommt die Schwester mit dem Abendessen.

Es ist dunkel geworden. Harry ist nicht gekommen. Das Fieberthermometer zeigt 38 Grad. Schwester Marion gibt mir ein fiebersenkendes Mittel und eine Tablette, damit ich besser schlafen kann. Ich brauche das. Heute mehr als gestern. Tränen rinnen über meine Wangen. Ich wische sie in das Leintuch, mit dem ich zugedeckt bin.
Draußen ist ein Gewitter aufgezogen. Grelle Blitze zucken, der Donner folgt unmittelbar danach, ein bedrohliches Grollen, noch ein paar Blitze, ein Leuchten und dann ein Schlag! Ich habe noch nie ein solches Krachen gehört. Und dann prasselt der Regen schwer und hart auf die Fichte vor dem Balkon. Wenn ich glücklich wäre, würde ich das schön finden.

War ich jemals so allein wie jetzt? Na komm schon, Petra, sage ich zu mir, stell dich nicht so an! Du tust ja, als ob du der einzige Mensch auf diesem Erdball wärst, der in einem Krankenhaus liegt. Jaja, ich weiß, sagt die andere Petra, es könnte alles viel schlimmer sein: Es könnte Krieg sein, ich könnte am Verhungern sein, ein grenznahes Atomkraftwerk könnte explodiert sein, meine Eltern könnten tot sein, ich könnte Krebs haben oder Aids oder sonst irgendeine tödliche Krankheit, ich könnte in einem Gefängnis sein und gefoltert werden. Ich weiß, angesichts dieser fantastischen Möglichkeiten ist das, was ich »erleide«, ein Klacks. Aber diese seltsamen Tröstungen greifen heute nicht.
Ein Blitz, Wetterleuchten, ein entferntes Grollen, das Gewitter ist vorbei! Der Regen fällt sanft und gleichmäßig. Ich atme tief ein. Die feuchte Luft, die hereindringt, tut gut.

Ich habe Harry an einem Regentag kennen gelernt. Im Oktober. Ich war mit meiner Freundin Daniela im Café am Hauptplatz gewesen, wir hatten uns blendend unterhalten und die ganze Zeit gelacht. Als wir hinausgehen wollten, ging ein ebenso starkes Gewitter nieder wie gerade vorhin und plötzlich stand Harry da mit einem großen Schirm und fragte, ob er uns unter seine Schirmherrschaft nehmen dürfe. Daniela und ich, wir mussten beide über die Formulierung lachen. Wir kannten Harry von der Schule, aber nur flüchtig. Er ging schon in eine höhere Klasse.
Wir schlenderten über den Hauptplatz. Die Pflastersteine sahen aus wie frisch lackiert. Daniela verabschiedete sich bald, sie wohnt in der Nähe des Cafés. Harry

und ich gingen allein weiter. Und als wir bei mir zu Hause angelangt waren, wusste ich, dass ich mich ganz fürchterlich verliebt hatte. Harry schaute auf die Hausnummer, Untere Marktgasse 43, sagte er, wie um sich die Adresse einzuprägen. Das hoffte ich jedenfalls. Er lächelte mich an und ich war ... Das, was ich da war, dafür gibt es kein Wort!
Ich ging in mein Zimmer, mit der Erinnerung an das Lächeln und die »Schirmherrschaft«, ich sang und tanzte, ich war so glücklich wie schon lange nicht. Immer hab ich gesungen und getanzt, wenn ich glücklich bin. War ich als Kind einmal krank und sang nicht, dann war es für meine Mutter das erste Zeichen von Besserung, wenn ich zu singen begann, und ein Zeichen völliger Gesundung, wenn ich wieder tanzte. Nur als Miki geboren wurde, da sang und tanzte ich lange Zeit nicht. Und das Schlimmste war – es fiel meiner Mutter nicht einmal auf! Erst als es ihr auffiel, begann ich wieder zu singen. Aber mein Gesang war leiser geworden.
Ich würde mich gern auf den Bauch drehen, aber das geht nicht, ich bin wie festgenagelt. Ich stelle das gesunde rechte Bein auf und ziehe mich mit den Armen am Haltegriff über dem Bett hoch, bleibe ein paar Augenblicke in dieser Stellung, ziehe die Pobacken zusammen, das ist eine gute Gymnastik, das werde ich zum täglichen Übungsprogramm machen, damit meine Muskeln nicht völlig verkümmern.
Harry ist nicht wieder gekommen. Na und, sage ich zu mir, was ist daran so schlimm? Vielleicht hat das Tennismatch länger gedauert, vielleicht war er müde, vielleicht hat er sich außerhalb der offiziellen Besuchszeit nicht ins Krankenhaus gewagt? Was soll's! Morgen ist

auch ein Tag! Und übermorgen. Es wird noch viele Tage für mich in diesem Krankenhaus geben. Morgen wird Harry kommen, er wird ganz lang an meinem Bett sitzen. Er wird meine Hand halten und mich küssen – und hoffentlich muss ich dann nicht auf die Schüssel. Ich glaube, ich bin im Begriff, ein ausgesprochenes »Schüssel-Trauma« zu entwickeln. Also, wirklich, ich muss diese Schüssel-Gedanken abstellen, sonst wird das zwanghaft.

Morgen! Harry! Ich muss Mama bitten, mir das durchsichtige Nachthemd zu bringen, na ja, durchsichtig ist es nicht, nur ein bisschen durchscheinend, man kann gerade die Brustwarzen sehen, na vielleicht ahnen. Ist das zu gewagt für ein Krankenhaus? Meine Sorgen möchte ich haben!

Ob Mama schon gepackt hat? Sie hat in der letzten Zeit so müde ausgesehen, sie braucht diesen Urlaub unbedingt. Ich darf mich nicht mehr kränken, weil sie mit Tante Sibylle fährt. Mir kommt vor, als ob Mama vom Leben mehr angegriffen ist als Papa, obwohl es das gleiche Leben ist, das sie führen. Sie arbeiten gemeinsam im Geschäft, es ist ein schönes Modegeschäft, man kriegt dort nicht die fetzigen Sachen, die man in allen Läden kriegen kann, sondern feine Ware. Elegantes, auch ein bisschen Teures, nicht zu exquisit, aber topmodisch. Kostüme und Hosenanzüge, schicke Kleider, lange Röcke, Seidentops und elegante Jacken. Es gibt auch eine kleine Abteilung mit allerhand Krimskrams: Tücher, Taschen, Modeschmuck. Mir gefällt das, es schaut sehr bunt aus. Aber ich habe das Gefühl, dass das Geschäft meinen Eltern nicht mehr so wichtig ist. Früher haben sie es mit mehr Begeisterung betrieben.

Jetzt werde ich oft den Eindruck nicht los, dass es ihnen schwer fällt, sich für die neue Kollektion zu interessieren, für das, was »in« ist.

Nein, ich will nicht abschweifen, ich will lieber an Harry denken. An den ersten Kuss, damals, abends, im Stadtpark.

Wir waren im Café Charlie gewesen, neben dem Stadttheater, in dem gerade ein Kabarettprogramm lief. Ich stand vor dem Theater und schaute mir die Szenenfotos in den Schaukästen an, da kam zufällig Harry vorbei. Es war kühl, der Wind wehte, es regnete wieder einmal, Harry lud mich ins Café ein. Wir saßen da, im Café Charlie, redeten allerhand Belangloses. Dann ging Harry zwischendurch einmal aufs Klo, und als er zurückkam, setzte er sich näher zu mir, und als wir beide die Gläser hoben, streifte seine Hand wie zufällig meine und dann zahlten wir und gingen. Es hatte aufgehört zu regnen, der Wind hatte sich gelegt, alles war still, eine milde Nacht hatte sich herab gesenkt. Harry legte seinen Arm um meine Schultern. Ich spüre heute noch den wonnigen Schauer, den das bei mir hervorrief, ich legte meinen Arm um seine Taille, es war alles wie selbstverständlich. So gingen wir eng umschlungen in den Stadtpark und dort küsste er mich zum ersten Mal und ich war selig. Das einzig Störende war meine große Handtasche, die ich über die Schulter gehängt hatte und die irgendwie blöd hin und her baumelte, mich ablenkte und irritierte. Ich konnte sie auch nicht in einer Kusspause abstellen, weil alles rundum nass vom Regen war. So war meine Seligkeit ein bisschen »taschengetrübt«, aber dann zog Harry seine Regenjacke aus, breitete sie auf einer Bank aus, wir setzten uns darauf und dann

ging alles erst so richtig los und die Tasche störte auch nicht mehr. Dunkel war's, die Äste der hohen Bäume des Stadtparks bildeten ein schützendes Dach und warfen bizarre Schatten, Harrys Lippen waren weich und fest zugleich, wundervolle Kusslippen, ich war selig, selig, noch nie hatte ein Junge mich so geküsst wie Harry. Ich hatte jegliches Zeitgefühl verloren.
Ich war sprachlos vor Glück, ich ging neben Harry und brachte keinen Ton heraus. Ich dachte, ich sollte ihm sagen, wie schön das alles für mich gewesen war, aber ich konnte es nicht formulieren, es hätte alles so geklungen wie in den billigen Fotoromanen von Jugendzeitschriften. Harry, das war toll! Harry, du bist super! Harry, du bist der Größte, Harry, das war Spitze, cool, megacool! Das alles konnte ich nicht sagen und etwas anderes konnte ich auch nicht sagen und so ging ich stumm neben ihm und kam mir dumm vor.
Liebessprache – nicht genügend!
Miki, dir kann ich sagen, wie lieb ich dich habe. Dazu braucht es nicht viel. Miki lieb, das genügt. Das verstehst du. Du verstehst dich am besten auf die Liebessprache. Deine Liebessprache hat oft keine Worte, ein Blick von dir, ein Lachen, eine Handbewegung und alles ist gesagt. Peka lib!
Aber zu Harry konnte ich nichts sagen nach den ersten Küssen im Park. »War's schön für dich?«, fragte er später. Irgendetwas an der Frage störte mich. »Ja«, sagte ich und danach wurde ich noch stummer als zuvor. Wahrscheinlich störte mich gar nichts an seiner Frage, habe ich später gedacht. Wahrscheinlich störte mich nur meine eigene Sprachlosigkeit.

3.
Mittwoch

Als ich aufwache, scheint die Sonne schon voll ins Zimmer. Gleich darauf kommt das Frühstück angerollt und dann kommt Schwester Beatrix. Ich habe sie gestern ganz kurz durch die offene Tür vorbeihuschen sehen und Schwester Tamara nach ihr befragt.
Schwester Beatrix hat eine karottenorangerot gefärbte Kräuselpracht von Haaren, türkise Augen und eine spitze Nase. Sie ist der Schwarm aller Männer über vierzig, die auf der Chirurgie liegen. Sagt Schwester Tamara. Wieso über vierzig, habe ich Schwester Tamara gefragt. Sie sagt, Männer über vierzig stehen auf Karotten-Orangen-Mix-Vitaminbomben. Vor vierzig sind Vitamine nicht so wichtig. Ich halte das für eine sehr eigenwillige Erklärung.
Eine spezielle Sicht der Dinge, eine ganz persönliche, originelle, individuelle Weltsicht, das ist es, was den Menschen interessant und ausmacht. Eine allgemeine Wischi-Waschi-Sicht kann jeder haben.
Und was macht die ganz spezielle individuelle Weltsicht der Schwester Beatrix aus? Sie glaubt an das Zeitalter des Wassermanns! Trotz aller Schlechtigkeit, die ja zweifellos dem Menschen innewohnt, sie sagt tatsächlich innewohnt – mich wundert allmählich nicht mehr, dass sie der Schwarm der alten Knacker ab vierzig ist, diese altertümliche Sprache hält ja keiner unter vierzig aus –,

also trotz aller dem Menschen innewohnenden Schlechtigkeit glaubt sie an das Gute im Menschen. Das Böse ist nur abgespaltenes Gutes und gehört geheilt und integriert. Was man lernen muss, ist loslassen, zulassen, weglassen. Und verzeihen. Letzten Endes siegt immer die Liebe. Man muss im Hier und Jetzt leben. Und man sieht nur mit dem Herzen gut. (Na ja, also das hat schon der Kleine Prinz gesagt.) Die entscheidende Frage aber ist: Gibt es ein Leben nach dem Tod? Sie jedenfalls glaube daran.
Woran ich glaube, fragt sie mich. Ich kann mich nicht enthalten zu sagen: Ich glaube an die atomare Zerstörung der Welt und an die postatomare Herrschaft des Unkrauts und der Insekten.
Worauf Schwester Beatrix verständnislos ihre Karotten-Orangen-Mix-Mähne schüttelt. Schwester Manuela ist in der Tür stehen geblieben und hat unserem Gespräch gelauscht.
Schwester Manuela sagt, sie glaube an die Schlechtigkeit des Menschen und an die Macht der Pillen. »Heutzutage ist das sehr einfach«, sagt sie. »Bist du traurig, hast du Liebes- oder sonstigen Kummer, schluckst du eine Pille. Bist du fett, schluckst du eine Pille. Kriegt dein Mann seinen Schwanz nicht hoch, schwups – eine Pille macht's wieder gut. Was für ein herrliches Zeitalter. Vielleicht erfinden sie noch eine Pille für das ewige Leben, und die Frage ›Gibt es ein Leben nach dem Tod?‹ ist dann irrelevant.«
Schwester Beatrix geht aus dem Zimmer. Ich habe keine Ahnung, warum sie überhaupt hereingekommen ist. Sie wahrscheinlich auch nicht. Dann kommt sie noch einmal zurück und sagt mit flötender Stimme, ich solle

die Sonne betrachten und einen wunderschönen Tag haben. Es klingt, als wäre ich nicht im Krankenhaus, sondern in einer Luxus-Kuranstalt mit Meditationskurs.
Ich esse das Frühstück und bin total gut gelaunt. Die Karotten-Sonnenkur war erheiternd. Schwester Beatrix ist eine echte Bereicherung der Szene.
Da geht die Tür auf und herein kommen – wow, das ist super! – Chrissi, Daniela und Ines. Sie sind neben Eva meine besten Freundinnen. »He, das ist toll, dass ihr kommt!«
»Ist uns eh schwer gefallen!«, sagt Chrissi und da lachen wir schon!
Ines hat mir einen Korb voll Obst mitgebracht, der passt genau zu Schwester Beatrix' Karotten-Orangen-Kopf. Der heutige Tag beginnt sehr vitaminreich. Daniela gibt mir ein Buch mit witzigen Sprüchen. Und Chrissi eine kleine Flasche Sekt. Als Seelentröster, falls es mir einmal schlecht geht, sagt sie. Und es wird mir ganz sicher einmal ganz schlecht gehen, das ist so im Krankenhaus, das muss einmal kommen, sonst ist man nicht normal. Da ich ihr aber meistens ziemlich normal vorkomme, sagt sie, wird dieser absolute Tiefpunkt einmal eintreten und für diesen Notfall ist die Flasche Sekt gedacht.
Wir erinnern uns an ein paar witzige Begebenheiten von der Schule, ich erzähle meine Tarzan-Geschichte und schildere die verschiedenen Typen von Ärzten und Schwestern, die ich hier schon kennen gelernt habe, erzähle von der Katheterfolter und der Schüsselpeinlichkeit, vom Zeitalter des Wassermanns und blauen Augenstrahlern.
»Das ist ja total spannend«, sagt Daniela. »Ich hab mir das Krankenhausleben viel langweiliger vorgestellt.«

Dann erzählt Ines, dass sie mit ihren Eltern nach Kroatien fährt. Sie haben dort ein Ferienhaus. Beneidenswert! Und Chrissi sagt: »Uns ruft der Berg! Du weißt schon!« Der Vater von Chrissi ist ein begeisterter Wanderer, also muss die ganze Familie wenigstens einmal im Jahr in die Berge ziehen. Und Daniela fährt diesmal mit.
»Also dann, tragt keine Berge ab und schreckt die Steinböcke nicht!«
Wir verabschieden uns ausgiebig.
Alle fahren weg, zu den Kamelen, zu den Steinböcken, in Ferienhäuser. Nur ich liege da bei den Kathetern und Schüsseln, in meinem Zimmer mit Aussicht und Vollpension. Ich bin gar nicht mehr gut aufgelegt. Soll ich die kleine Flasche vielleicht gleich öffnen? Wart's ab, Petra, wer weiß, wie dick es noch kommt!
Am späten Nachmittag kommt Mama. Sie trägt ein luftiges weißes Baumwollkleid. Ihre aschblonden Haare hat sie zu einem Pferdeschwanz zusammengebunden. Sie sieht aus wie die gute Fee aus dem Märchenbuch. Mir treten Tränen in die Augen. Bin ich eigentlich noch zu retten? Ich weiß nicht, warum ich weine. Ich bin eine sentimentale Kuh.
»Petra, was ist denn los?«
Ich will nicht weinen, ich hab keinen Grund zu weinen, ich mag nicht, dass Mama sich Sorgen macht. Ich muss mir dann wieder Sorgen machen, weil sie sich Sorgen macht.
»Nichts«, sage ich. »Gar nichts.«
Sie setzt sich an mein Bett, die gute Fee, es war nicht immer so, lange Zeit ist sie mir absolut nicht wie die gute Fee vorgekommen, und sie schaut mich an, mit

ihren graublauen Augen, mit ihrem durchdringenden Mutter-Röntgen-Blick, dem keine seelische Regung entgeht. »Soll ich nicht doch zu Hause bleiben?«
Ich verdrehe die Augen. »Nicht, Mama, nicht schon wieder! Das haben wir gestern geklärt!«
»Aber heute ist ein neuer Tag. Wir können neu verhandeln.«
»Wir verhandeln gar nichts mehr«, sage ich, »und damit basta!« Die Tränen ziehen sich zurück, meine Stimme gewinnt die gewohnte Festigkeit zurück. »Außerdem«, sage ich und schaue auf ihr luftiges weißes Baumwollzeug, »dieses Kleid gehört ganz einfach nach Kreta und du dazu! Wann geht dein Flugzeug?«
»Morgen um zwei Uhr nachmittag«, sagt Mama. »Um elf fahren wir zum Flughafen. Sibylle hat spontan zugesagt. Das Ticket ist auch schon umgeschrieben. Aber ich habe immer noch ein schlechtes Gewissen!«
»Leg es vor der Zimmertür ab, wenn du gehst«, sage ich. »Nimm es ja nicht mit nach Kreta!«
Und dann, so beschwörend ich kann: »Wir haben beide nichts von deinem schlechten Gewissen. Genieß den Urlaub! Und wenn du zurückkommst, bin ich schon wieder zu Hause. Dann machen wir beide etwas ganz Schönes!«
Sie schaut mich an mit diesem Blick, den ich seit vielen Jahren kenne: Du bist so vernünftig, Petra, du bist so erwachsen, Petra. Ich glaube, du bist um deine Kindheit betrogen worden, Petra! All das zuerst Unausgesprochene und später immer und immer wieder schuldbewusst Ausgesprochene liegt in diesem Blick. Und ich denke, ja, es stimmt schon, irgendwie hast du schon Recht, Mama. Ich hab mich immer für Miki verantwort-

lich gefühlt, ich war damals schon seine kleine Mama und seine Geburt hat mich jäh aus meiner Kindheit gerissen. Aber niemand ist schuld daran.
Wir reden noch lange. Dies und jenes, luftig und leicht. Dann umarmt Mama mich ganz fest. »Mach's gut, Petra!« Ich nicke. »Mach dir keine Sorgen, Mama«, sage ich. »Papa ist schließlich auch noch da. Und Miki!« Und Harry, denke ich, aber das sage ich nicht.
Sie geht zur Tür, öffnet sie, dann kommt sie zurück, umarmt mich noch einmal. »Ich schau morgen vor der Abfahrt noch kurz vorbei!«
Es ist Abend geworden. Mama ist wahrscheinlich gerade beim Packen. Ich wäre jetzt auch beim Packen. Wir würden uns gegenseitig unsere Sachen unter die Nase halten und bei jedem Stück fragen, ob wir es mitnehmen sollen oder nicht. Die Vorfreude würde uns auf sanften Flügeln tragen. Zwei Wochen Kreta! Jetzt bedaure ich erst richtig, dass ich nicht mitfahren kann.
Schwester Beatrix bringt eine Infusion.
»Die entscheidende Frage, Schwester Beatrix, ist: Was ist der Inhalt dieser Flasche? Sind es Vitamine, Schmerzmittel, Schlafmittel oder ist es ein Cocktail aus allem zusammen?«, sage ich zu ihr. Ich hab das Gefühl, sie steht völlig daneben. »Und wird mir dieser Mix auf der Suche nach der Beantwortung der alles entscheidenden Frage – Gibt es ein Leben nach dem Tod? – helfen oder wird mich dieser Cocktail vielleicht gar in eben dieses andere Leben befördern?« O je, ich glaube, ich bin zu weit gegangen. Aber Schwester Beatrix schaut mich nur sanft vorwurfs- und liebevoll aus grünen Augen an, schüttelt ihre Karotten-Orangen-Locken und sagt: »Da sind lauter gute Sachen drinnen, die Sie aufbauen wer-

den.« Sie sagt es, als wär's ein Menü in einem Fünf-Sterne-Hotel.
Harry ist nicht gekommen.

Von diesem Teufelszeug bin ich so müde geworden, dass ich die ganze Nacht tief und fest geschlafen habe. In der Morgendämmerung bin ich kurz aufgewacht und habe gemerkt, dass ich von Miki geträumt habe, eigentlich von Mamas Schwangerschaft mit Miki. Ich hab sie im Traum mit einem dicken Bauch gesehen und da ist mir eingefallen, dass ich in Wirklichkeit keine Erinnerung an Mamas Schwangerschaft habe. Kein Bild von meiner Mutter mit einem dicken Bauch. Psychologen behaupten, das sei ein Zeichen dafür, dass man ein ungeliebtes Kind gewesen sei. Man habe die Schwangerschaft der Mutter verdrängt, weil man keine Geschwister neben sich dulden wollte, da man sowieso zu wenig Liebe bekommen habe. In irgendeinem gescheiten Buch habe ich das gelesen. Ich kann es aber nicht recht glauben. Ich glaube, dass meine Eltern mich immer gern gehabt haben. Allerdings, wenn ich so zurückdenke: Ich war drei Jahre alt, als sie das Geschäft eröffnet haben, und sie hatten wenig Zeit für mich. Ich erinnere mich vage an eine Krankheit, eine arge Erkältung, ich lag allein zu Hause im Bett und spuckte die ganze Zeit Schleim. Papa und Mama waren beide im Geschäft, wir wohnten noch nicht im »Stadthaus«, auch das Geschäft war an einem anderen Platz, es war gemietet, auch die Wohnung war gemietet, das »Stadthaus« kauften sie erst später. Das Geschäft war nicht allzu weit von der Wohnung entfernt, wenn ich gesund war, war das kein Problem, ich konnte jederzeit allein dorthin

gehen, aber als ich krank war, war es eine unüberwindliche Distanz. Ob das Geschäft nun nahe war oder weit weg, ich war allein. Mama schaute ein paar Mal vorbei und brachte mir Bonbons. Dann ging sie wieder, weil im Geschäft so viel zu tun war.
Ich erinnerte mich plötzlich auch an den Tod meines Onkels. Ich war fünf, als er starb. Ich war wieder allein zu Haus und ich weinte den ganzen Tag. Das Geschäft war kein Ort für Tränen, das wusste ich damals schon. Ich bestand darauf, meinen Onkel zu sehen, und so nahmen mich die Eltern gegen Abend in die Leichenhalle mit. Als ich den Onkel dort aufgebahrt sah, er wirkte so ruhig und friedlich, als wäre alles Bedrückende von ihm abgefallen, hörte ich zu weinen auf. Jetzt, in der Rückschau, weiß ich, dass man mit fünf Jahren schon alles Wesentliche versteht.
Aber auch wenn ich mich an Mamas Schwangerschaft nicht erinnern kann, weiß ich doch, dass ich mich auf das Baby freute. (Und das widerspricht der ganzen psychologischen Theorie.) Ich weiß auch noch, wie groß meine Enttäuschung war, weil ich das Baby nicht gleich sehen konnte. Es hieß, es habe bei der Geburt Komplikationen gegeben, man habe Mama schnell in eine Klinik nach Wien gebracht, ich kann mich noch an manches erinnern, an Worte wie Steißlage, verzögerter Geburtsvorgang, Worte, die ich nicht verstand, deren Bedrohlichkeit ich aber fühlte.
Ich bin müde geworden, ich habe das Gefühl, dass meine Gedanken sich verwirren, ein Geflecht von seltsamen Fäden, und ich denke, wie seltsam diese Seltsamkeit ist und dann sinke ich ab in eine dunkle enge Tiefe.

4.
Donnerstag

Schwester Beatrix bringt mir die Schüssel.
»Schüssel am Morgen bringt Kummer und Sorgen«, sage ich und grinse. Allmählich müsste sie eigentlich mitkriegen, dass ich mich andauernd über sie lustig mache, oder aber sie ist hoffnungslos liebevoll.
»Na gut, dann eben nicht«, sagt sie und grinst auch. Also doch nicht hoffnungslos liebevoll.
»Die entscheidende Frage ist«, sage ich, »wird der Akt glücken oder nicht?«
»Er wird!«, sagt Schwester Beatrix. Ich werde ihr doch nicht schön langsam auf die Nerven gehen? Ich muss für eine Weile meinen Mund halten.
Das Frühstück wird von einem Pfleger gebracht. Er schaut aus wie ein Osterhase, mit vorstehenden Zähnen und einem total lustigen Grinser. Er heißt Peter Leopold, sagt er, und ich kann Peter Poldi zu ihm sagen. Die Szene wird mit jedem Tag bunter.
Nach dem Frühstück kommt Mama. Sie trägt einen hellen Hosenanzug und schaut aus, als hätte sie leichtes, aber angenehmes Reisefieber. Sie setzt sich an mein Bett. »Du schaust gut aus«, sagt sie.
»Oh, ich hab gestern ein Fünf-Sterne-Infusionsmenü gekriegt«, sage ich. »Ich bin sozusagen gedopt.«
Mama lächelt und schaut gleichzeitig besorgt drein. »Und ich muss wirklich kein schlechtes Gewissen haben?«

Ich schüttle den Kopf.
»Sicher nicht?«, fragt sie.
Ich schüttle den Kopf. »Ich wünsch dir einen wunder-wunderschönen Urlaub, Mama. Dir und Sibylle.«
»Sie lässt dich herzlich grüßen«, sagt Mama. »Sie wollte dich noch besuchen, aber sie hatte keine Zeit mehr. Sie kommt von Wien direkt zum Flughafen.« Mama umarmt mich. »Ich hoffe, dass die Tage hier im Krankenhaus nicht zu schlimm für dich sind, Petra. Mach's gut. Und sei nicht traurig.« Sie schaut nervös auf die Uhr.
»Also, jetzt geh schon endlich!«, sage ich, in dem scherzhaft strengen Ton, in dem wir immer solche Sachen zueinander sagen. Sie umarmt mich noch einmal, gibt mir ein paar Küsse auf die Wangen, auf den Mund und auf die Augen, dann geht sie, winkt und schließt die Tür. Ich hoffe, sie hat das schlechte Gewissen dort abgelegt.
Ich lehne mich fester in die Polster zurück. Atme tief durch, schließe die Augen. Nun ist Mama tatsächlich weg. Und ich bin allein. Am Nachmittag wird Harry kommen. Hoffentlich.
Die Tür geht auf, ein Bett wird hereingeschoben, darin liegt eine ältere Frau. »Das ist Frau Wachter«, sagt Schwester Tamara. »Sie hat sich die Rippen gebrochen.« Na super! Mama ist weg und dafür habe ich jetzt eine Oma im Zimmer liegen. Gebrochene Rippen, was für ein shit! Sie wird ebenso wenig aufstehen können wie ich, und wenn Harry kommt, liegt Frau Wachter hier wie ein Wächter.
Schwester Tamara zupft noch dies und das an Frau Wachters Bett zurecht. Dann leuchtet über der Tür das rote Signallicht auf, Schwester Tamara sieht es, seufzt,

verdreht die Augen und sagt: »Eine Dramaturgie jagt die andere!« Dann geht sie eilig aus dem Zimmer.

Ich bin auf einmal unendlich müde. Ich murmle ein beiläufiges »Guten Tag, Frau Wachter« und schließe die Augen. Ich will jetzt nicht mit ihr reden. Sie kann mir gestohlen bleiben mitsamt ihren gebrochenen Rippen. (Wie kann man sich nur die Rippen brechen!) Sie ist zum ungünstigsten Zeitpunkt in mein Zimmer gekommen. Warum haben sie sie nicht in ein anderes Zimmer gebracht, zu irgendeiner alten Schachtel, mit der sie über gebrochene Rippen und sonstige Wehwehchen hätte tratschen können? Nein, in mein Zimmer müssen sie sie bringen, ausgerechnet in mein Zimmer, denke ich, und dann sage ich mir, dass ich sowieso privilegiert war, weil ich zwei Tage allein in diesem Zimmer liegen durfte. Petra, sage ich zu mir, was kann diese Frau Wachter dafür, dass sie da ist, sie hat sich ebenso wenig die Rippen brechen wollen wie du dir den Knöchel – also stell dich nicht so an! Ich habe trotzdem keine Lust, mit ihr zu reden. Ich ärgere mich über Frau Wachter und auch über mich, weil ich immer gleich alles rational erkläre und mich selbst beschwichtige und mir sage, es sei alles nicht so schlimm, statt dass ich mich einfach nur so richtig schön ärgere! So, und jetzt ärgere ich mich so richtig schön fest und rede mir nicht ein, dass ich vorher privilegiert war. Ich ärgere mich, weil die Frau Wachter in mein Zimmer gekommen ist und mich stört. Punktum. Ich drehe den Kopf zum Fenster und tue, als wollte ich schlafen. Wie ich diese ganze Scheißsituation hasse!

Leider habe ich nicht lange Zeit, mich in aller Ruhe und Selbstgefälligkeit zu ärgern, denn sofort setzt die rou-

tinemäßige Vormittagshektik ein: Schüssel, Waschen, Zähneputzen, Bettenmachen, Putzfrau eins – Tisch und Bett, Putzfrau zwei – Waschbecken, Putzfrau drei – Fußboden. Was für Putzmittel sind das, da wird einem ja schlecht, ich hab das seit gestern schon wieder vergessen! (Beginnender Krankenhaus-Alzheimer?) Also, wenn man hier nicht schon krank wäre, dann würde man es auf jeden Fall werden, bei diesem Putzfrauen- und Putzmittelstress.
Ich höre Frau Wachter seufzen. Na, die hat's notwendig! Sie wartet schließlich nicht auf Harry. Ihr kann es eigentlich völlig egal sein, ob jemand mit ihr im Zimmer liegt oder nicht.
Mittagessen. Heute gibt es Fleischlaibchen und – zur Abwechslung wieder einmal – Kartoffelpüree und eine saure Gurke. (Vielleicht ist sie auch nur süßsauer.) Begeistern tut mich das Essen nicht, ich frage mich, ob vegetarische Kost in einem Krankenhaus nicht sinnvoller wäre. Fragen kann ich mich ja!
Ich muss während des Essens doch ein paar Worte mit der Frau Wachter sprechen. Juliane heißt sie, ist 65 Jahre alt.
Wie der Rippenbruch passiert ist, frage ich.
Sie hat einen Kollaps gekriegt, sagt sie, und ist auf ihre Nähmaschine gefallen. Nähmaschine – ach du gutes Gottchen!
Na ja, was muss sie auch nähen! Andererseits – was muss ich von Ast zu Ast schwingen wie ein Affentrottel? Ach, diese Frau Wachter! Wenn sie wüsste, was für einen dicken Strich sie mir durch die offene Harry-Rechnung gemacht hat! Zwei Tage allein im Zimmer und alles für die Katz! Zwei Tage Warten auf Harry, immer

nur Warten auf Harry. Und jetzt, wo er kommen wird, die alte Frau Wachter. Das ist mehr als beschissen! Apropos shit: Schwester, die Schüssel!

Frau Wachter hat nach dem Essen ein wenig geschlafen. Ich habe sie aus den Augenwinkeln beobachtet. Sie schaut sympathisch aus. Feine Linien durchziehen ihr kleines Gesicht. Sie hat gepflegte graue Haare. Gütig schaut sie aus, ja, gütig ist das richtige Wort, ich verwende es nie, es ist beinahe aus meinem Sprachschatz verschwunden. Gütig! Je länger ich das Wort hin und her denke, umso komischer kommt es mir vor.
Ich muss nett zu ihr sein. Sie hat es nicht verdient, dass ich sie so schnöde behandle.
Sie wacht auf. Sie lächelt mich an. Wie eine gute alte Fee.
Werden Feen alt?
Sind Feen immer feenhaft?
Müssen Klofrauen immer scheißfreundlich sein?
Sind alle Muselmanen manisch?
Verderben zu viele Köche jeden Brei?
Legen Hühner stets ein Ei?
Kommt dann wirklich gleich der Tod herbei?
Ich glaube, ich bin reif für die Psychiatrie.
Ich muss mich jetzt ein wenig aufputzen. Jeden Moment kann Harry bei der Tür hereinkommen. Also – Handspiegel raus, Bürste raus, es geht schon sehr gut, ich kann alles, was im Nachtkästchen ist, gut erreichen. Haare gebürstet, zusammengebunden – oder soll ich sie verführerisch offen lassen, nein, sie sind schon fettig und insofern wenig verführerisch, also zusammengebunden lassen! Wenn Mama noch da wäre, würde ich

sie bitten, mir die Haare zu waschen. Mama ist die erste Adresse fürs Haarewaschen.

Papa und Miki kommen zur Tür herein. Ich hab gar nicht mit ihnen gerechnet. Ja klar, jetzt ist Mittagspause im Geschäft. Ich freue mich nicht, dass sie da sind, und gleichzeitig habe ich deswegen ein schlechtes Gewissen.

Miki hat mir Fruchtgummischlangen mitgebracht. Die sind zurzeit sein Grundnahrungsmittel. Ich bin nicht der allergrößte Fan von Fruchtgummischlangen. Ich lächle leicht gequält, als ich mich bedanke und mir eine in den Mund stecke. Diabetes fruchtgumminensis – hallo! Miki steckt sich gleich selbst eine in den Mund und lutscht vergnügt daran herum. Ich betrachte ihn genau. Er ist so unschuldig, was wird noch aus ihm werden?

Papa sagt, dass Mama und Sibylle vom Flughafen aus angerufen haben und dass sie planmäßig abfliegen werden. Und ich liege hier, schweißgebadet und mit fettigen Haaren. Ich presse die Lippen zusammen.

»Hat Harry angerufen?«

Papa verneint.

Allmählich verblasst die Erinnerung an seinen vorgestrigen Blitzbesuch so sehr, dass ich kaum mehr weiß, ob Harry tatsächlich da war oder ob ich mir das nur eingebildet habe.

»Bist du traurig?«, fragt Papa besorgt.

»Nein«, sage ich, »ich bin nur durch meine Lauskolonie am Kopf etwas irritiert.«

»Soll ich dir die Haare waschen?« Die Frage kommt pflichtgemäß, aber im Untertext höre ich, dass ein Ja nicht sehr erwünscht ist.

»Nein!«, sage ich entschieden.

Jetzt ginge es sowieso nicht. Jeden Moment wird Harry zur Tür hereinkommen. Da kann ich nicht in meinem wunderbaren Waschsalon sitzen, mit nassen Haaren, und in der Waschschüssel schwimmen die Schaumkronen vom Shampoo und Haare, unappetitlich, grausig. Und wenn Harry mich küsst, klatschen ihm meine nassen Haare um die Ohren. Nein, nein, ich werde die Lauskolonie später beseitigen. Irgendwann, wenn es passender ist.

Miki will mir etwas erzählen, aber ich verstehe kein einziges Wort. »Weißt du, was er meint?«, frage ich Papa. Aber er hat auch nichts verstanden. Miki erzählt es noch einmal, ich verstehe wieder nichts, Miki wird böse, er tritt mit dem Fuß gegen das Bett und das gibt einen harten, metallischen Klang.

»Miki, bitte nicht, pass doch auf Petras Bein auf!«, sagt Papa.

Miki beginnt zu weinen. Papa nimmt ihn in die Arme. »Ist ja gut, Miki, schon gut!«

»Niggut«, sagt Miki. »Niggut!« Und er legt den Kopf auf Papas Schulter und weint noch mehr.

Was für ein beschissener Tag! Miki ist böse und weint, Papa ist hilflos, Mama ist weg. Frau Wachter ist da und Harry ist noch immer nicht gekommen. Die Lauskolonie auf meinem Kopf vermehrt sich sekündlich und Harry ist noch immer nicht gekommen. Draußen hat es 35 Grad, ich liege schwitzend und stinkend in einem stickigen Krankenzimmer und Harry ist noch immer nicht gekommen.

Miki weint leiser, allmählich beruhigt er sich.

»Glaubst du, dass Mama ihm fehlt?«, frage ich. Warum frage ich so blöd?

»Mama weg!«, sagt Miki und das ist die Bestätigung.
»Die Mama kommt bald wieder zurück«, sage ich. »Die Mama hat dich lieb, Miki. Sie braucht nur ein bisschen Erholung.« Ich denke, dass er das Wort Erholung wahrscheinlich nicht versteht, aber er wird ruhiger und scheint sich mit dieser Erklärung zufrieden zu geben.
Ich schaue zu Frau Wachter hinüber. »Miki, das ist Frau Wachter!«, sage ich. Sie nickt ihm zu.
»Das ist mein Bruder«, sage ich. »Er ist acht. Er ist behindert.«
»Er ist lieb«, sagt Frau Wachter.
Miki horcht auf. »Miki lib?«, fragt er.
»Ja, Miki, du bist lieb!«, sagt Frau Wachter zu ihm.
»Fau Wakka au lib!«, sagt Miki und hat nun ganz zu weinen aufgehört. Ich wundere mich, dass er sich Frau Wachters Namen gemerkt hat.
Papa schaut auf die Uhr. »Ich muss gehen«, sagt er. »Im Geschäft ist zwar nichts los, aber aufsperren muss ich doch.« Er schaut mich an, mit diesem schuldbewussten Blick, den ich auch schon seit vielen Jahren kenne.
»Jetzt hab ich mich überhaupt nicht um dich gekümmert!«, sagt er. »Ich habe ein schlechtes Gewissen.«
»Bitte, verschone du mich wenigstens mit deinem schlechten Gewissen«, sage ich. »Das von Mama war schon schwer genug zu behandeln!«
Er gibt mir einen Kuss. »Mach's gut – und halt die Ohren steif!«
Ich glaube nicht, dass mir steife Ohren in meiner Lage sehr helfen werden, aber gut!
»Baba Peka, Baba Fau Wakka«, sagt Miki und stopft sich schnell noch eine von meinen Gummischlangen in den Mund, mit jenem verschmitzten Lächeln in den Augen-

winkeln, das er immer hat, wenn er weiß, dass er etwas tut, was er eigentlich nicht tun sollte. Ich drohe ihm scherzhaft mit dem Finger.

»Peka böse?«, fragt er.

»Nein«, sage ich, »ich bin nicht böse.« Und ich gebe ihm noch zwei Gummischlangen in die Hand. Alle darf ich ihm nicht geben, denn das würde bedeuten, dass ich sein Geschenk nicht schätze, und Miki würde das verstehen und es würde ihn kränken. Aber so freut er sich und lacht und dann gehen sie.

Ich bin erschöpft. Miki hat mich angestrengt. Ich bin immer unglücklich, wenn ich sehe, dass er leidet, und er leidet vor allem, wenn er sich nicht verständlich machen kann. Er ist so voll von Gefühlen und Erlebnissen, er will sie mitteilen, er sprudelt oft nur so über, aber vieles bleibt unverständlich und Miki rennt gegen diese Barriere. Man kann ihn jedoch nicht mit einem »Jaja – hmhm« abspeisen, denn er stellt Fragen. Fragen, die für ihn einfach und logisch sind, und er verlangt nach Antworten, aber wir können sie ihm nicht geben, weil wir die Fragen nicht verstehen. Miki verzweifelt daran. Und ich verzweifle an seiner Verzweiflung. Ich weine schon wieder. In diesem verdammten Krankenhaus sitzen mir die Tränen verdammt locker.

»Es ist schwer, nicht wahr!«

Ja, es ist schwer, Frau Wachter. Die Jahre mit Miki, die Hoffnungen, die Enttäuschung, als sich bald nach seiner Geburt herausstellte, dass er behindert war, seine verzögerte Entwicklung, die nie, niemals mit der Norm Schritt hielt, die Freude, als er mit einem Jahr endlich sitzen konnte, und gleichzeitig die Enttäuschung, dass er ja eigentlich schon längst hätte krabbeln sollen, und

dann wieder die Freude, als er endlich krabbelte, und die Enttäuschung, dass er ja eigentlich schon längst hätte stehen und gehen müssen. Und irgendwann die Gewissheit, dass er nie richtig würde sprechen können. Und dass er niemals in seinem Leben die Intelligenzschwelle eines Zehnjährigen überschreiten würde.
Was wird werden?, fragt meine Mutter. Was wird bloß aus Miki werden? Sie fragt es manchmal mit Worten und manchmal nur mit Blicken, das ist beinahe noch schlimmer. Solange er ein Kind ist, ist das Problem noch klein. Er lebt einigermaßen glücklich in seiner eigenen Welt, die gar nicht so anders ist als die anderer Kinder. Aber was wird sein, wenn er älter wird? Wenn er in die Pubertät kommt? Wenn er draufkommt, dass er anders ist, in seinem Lebenskreis eingeschränkt? Wo wird er arbeiten? In einer geschützten Werkstatt? Und wer wird für ihn sorgen, später, wenn Papa und ich nicht mehr leben?
Du weißt genau, wer für ihn sorgen wird, sage ich dann. Ich – denn es ist niemand anderer da, der in Frage kommt. Es klingt bitter, wenn ich das sage, und es schmeckt auch bitter. Bei aller Liebe – es schmeckt bitter. Es wäre leichter, wenn ich die Verantwortung mit anderen Geschwistern teilen könnte. Und es wäre noch leichter, wenn ich sie gar nicht hätte.
Ja, es ist schwer. Und Sie, Frau Wachter, haben genau das Richtige gesagt. Nicht: Beruhigen Sie sich. Nicht: Ist ja alles nicht so schlimm – oder was man an halbherzigen Tröstungen oft zu hören kriegt, die eigentlich nur Beschwichtigungen sind. Es ist schwer – keine Beschönigungen, sondern Mitgefühl. Fau Wakka lib.
Es klopft. Ja, es klopft. Zaghaft. Ich richte mich auf, so weit ich kann. Das wird Harry sein! Das muss Harry

sein. Mein Herz pocht. Was heißt es pocht – es rast! Gebrochenes Bein, Diabetes bonbonensis und gummischlangensis, geistige Verwirrung, Krankenhaus-Alzheimer, eine Tränendrüsenstörung, Herzrasen – alle Augenblicke kommt ein neues Leiden dazu!
Harry ... Nein, das ist nicht Harry. Das ist ... »Robert!«, sagt Frau Wachter. »Roberterl!«
Er geht an Frau Wachters Bett und gibt ihr einen Kuss auf die Wange. Ich schätze, er ist etwa so alt wie ich. Er hat ihr Blumen mitgebracht. »Roberterl!«, sagt sie noch einmal, ganz entzückt. Er stellt die Blumen in eine Vase.
»Das ist mein Enkerl!«
Roberterl, das Enkerl! Ahatscherl! Und Blumerl hat er auch mitgebrachterl. Wie schönerl! Ich ärgerl mich ein bisserl. Scheißerl, Scheißerl, wie dummerl! Wie ärgerlicherl! Wie gemeinerl!
Roberterl rückt ein Sesserl an Frau Wachters Betterl. Er setzerlt sich und fragerlt: »Wie geht's dir, Oma?« Was nicht sehr originellerl ist.
»Na ja«, sagt Frau Wachter, »ein Luxusurlaub ist das gerade nicht! Sie haben mir einen Stützverband gemacht, aber bei jeder kleinsten Bewegung – beim Husten, ja sogar beim Atmen – tut mir alles weh. Und niesen darf ich schon gar nicht. Da würden meine Rippen wahrscheinlich zerspringen.«
Ich drehe mich zum Fenster und starre hinaus. Ich will die zwei in ihrem Oma-Enkel-Geturtel nicht stören. Wenn ich Ohrendeckel hätte, würde ich sie herunterklappen. Warum hat Gott den Menschen ohne Ohrendeckel geschaffen? Wahrscheinlich hat er sie vergessen, nachdem er die Augenlider gemacht hatte. Schlamperei! Nein, das darf ja nicht wahr sein! Schon wieder Tränen!

Trotz Augenlidern! Die sind ja auch zu nichts gut! Die könnten zumindest als Tränenstaudamm fungieren.
Harry! Warum kommst du nicht?
Nach dem ersten Kuss im Stadtpark hatte Harry sich eine Zeit lang nicht gemeldet und ich war verzweifelt. Aber dann läutete einmal das Telefon, ich war zu spät dran und ich dachte, wenn das Harry gewesen ist, hat er mich nicht erreicht. Ich rief ihn an und fragte, hast du mich angerufen, und er sagte: Nein, ich hab dich nicht angerufen, und ich kam mir blöd vor und sagte: Entschuldige!
Aber er sagte: »Nein, das ist super, dass du mich angerufen hast. Gehst du heute mit mir ins Kino?«
Mein Herz tat einen Jubelsprung! Ich glaube, es brauchte eine halbe Stunde, bis es wieder in der Originalposition war. Und kaum war es wieder dort, tat es einen weiteren Jubelsprung, als Harry Karten in der letzten Reihe kaufte, in den so genannten Love-Seats, das sind Doppelsitze ohne Zwischenlehne.
Nach einer Ewigkeit, die *Vorschau* hieß, griff Harry endlich nach meiner Hand und rückte näher an mich heran. Und es dauerte eine weitere Ewigkeit, bis er mich küsste. Ich kriegte von dem Film absolut nichts mit. Ich schwebte im siebenten Himmel – oder im achten, ich hab die Stockwerke nicht gezählt, aber es war zweifellos eins von den höheren. Und dennoch – während mein Herz jubelte, mein Mund vibrierte und meine Hände flatterten, fragte ich mich, warum Harry seit der Begegnung im Park nicht angerufen hatte. Verfall nicht in altertümliche Rollenklischees, Petra, sagte ich zu mir selbst. Harry hat dich ganz einfach deshalb nicht angerufen, weil er schauen wollte, ob du ihn anrufst. Und

jetzt komm runter von deinem Weibchen-Trip! Aus welcher Mottenkiste hast du denn diese Anschauung gekramt? Aus einer des vorigen Jahrtausends vermutlich! Und noch eins, Petra: Gib zu, dass du dich nicht erinnern kannst, dass deine Eltern dich in diesem Mottenkisten-Sinn erzogen hätten!
Andererseits – Mottenkiste hin oder her – hat Mama doch die Hauptlast in der Familie getragen, die Sorge um Miki ...
Die allererste Zeit war sehr schlimm. Miki lag auf der Kinderklinik, Mama war schon zu Hause, es war noch so ein Abwarten, nicht genau Wissen, ein Hoffen, Zweifeln, Bangen, Hoffen ... Nein, die allererste Zeit war gar nicht die schlimmste. Später – die Gewissheit war wirklich schlimm. Die Enttäuschung. Die Schuldzuweisungen.
Als Mama nach Mikis Geburt vom Krankenhaus heimkam, wusste ich nichts. Nichts Genaues jedenfalls. Ich wollte Miki sehen, unbedingt! Ich durfte mitfahren, nach Wien, in die Kinderklinik. Aber dann wollten sie mich nicht hineinlassen, ich war zu jung, Kinder unter zwölf hatten keinen Zutritt. Ich muss die Schwester so entsetzt angesehen haben, dass sie Mitleid mit mir hatte und mir einen kurzen, einen ganz kurzen Blick gestattete. Ich stand da und schaute durch die Glasscheibe, die mich von Miki trennte, und ich weiß nicht mehr, was ich damals fühlte. Ich weiß nur, dass ich, als ich ging, sehr traurig war. Der kurze Blick hatte nicht genügt.
Seit damals habe ich Glas als etwas Trennendes empfunden: Glastüren, Glasbausteine, Glaswände. Als ich einmal sehr zornig und verzweifelt war, habe ich unsere Glastür zu Hause mit der bloßen Faust zertrümmert.

Ich hatte tiefe Schnittwunden in den Fingern, ich lief ins Badezimmer, hielt die Hand über das Waschbecken, es war voll Blut.

Ich kann mich noch genau an den Tag erinnern, als Miki nach Hause geholt wurde. Ich freute mich so auf ihn, ich dachte, jetzt sei alles gut, ich dachte, Mama und Papa müssten überglücklich sein. Aber sie waren es nicht, sie schienen gedrückt und da war dieses Baby in dem Gitterbett und ich sagte zu Mama: »Freust du dich nicht, dass Miki da ist?« Und ich weiß noch, wie sie den Mund zu einem kleinen schiefen Lächeln verzog und leise Ja sagte. Ich verstand es nicht. Damals nicht. Später beobachtete ich das immer wieder an ihr. Ich nannte es: Sie macht ihr Gesicht.
Ich war Mikis kleine Mutter von Anfang an. Ich wickelte ihn, wenn Mama im Geschäft war, ich gab ihm die Flasche, ich ging mit ihm spazieren.
Es muss gegen Ende der Ferien gewesen sein, an einem jener verrückt heißen Augusttage, in denen die letzte Sommerhitze kulminiert, bevor sie dann endgültig an Kraft verliert, einer jener verrückt heißen Sommertage, in denen in Kriminalromanen Morde begangen werden und in der Realität manchmal auch. Durch Revolverschüsse oder Messerstiche.
Oder wo man von der Hitze so lethargisch wird, dass man im Schwimmbad nicht einmal die paar Meter von der Liegewiese ins Schwimmbecken schafft um sich abzukühlen.
Vielleicht sind das auch die Tage, wo die Wahrheit dem Mund eines Menschen nackt entschlüpft, weil es zu heiß ist um sie zu bekleiden.

An einem solchen Tag war es, als ich mit Miki im Schwimmbad spazieren ging. Ich schob den Kinderwagen, promenierte auf den Wegen, am Beckenrand auf und ab, am Buffet vorbei zur Liegewiese, und sonnte mich in den bewundernden Blicken der Badegäste. Bis einer auf mich zukam, ein entfernter Verwandter, den ich nur selten sah, in den Kinderwagen schaute und mich ganz unverblümt fragte: »Ist dein Bruder jetzt schon normal?«

Das war ein Messerstich, gut geführt und mitten ins Herz. In alten Filmen ist das der Punkt, wo die Heldin bewusstlos zusammenbricht. In der Wirklichkeit steht man da wie angewurzelt und kein Kreislaufkollaps der Welt ist bereit, den Schmerz des Messerstichs zu lindern. Plötzlich wusste ich. Alles. Plötzlich wusste ich, warum Mama den Mund zu einem gequälten Lächeln verzogen hatte, als ich sie fragte, ob sie sich über Mikis Heimkehr nicht freute. Plötzlich wusste ich auch, warum ich mir vom ersten Moment an wie seine kleine Ersatzmutter vorgekommen war.

Ich wurde sprachlos.

Wenn du acht Jahre alt bist und deine Mutter hat ein behindertes Kind gekriegt, dann fragt dich kein Schwein, wie es dir als großer Schwester damit geht. Alles dreht sich um das Baby und um die Eltern. Auf die Idee, dass eine achtjährige Schwester auch ein Problem damit haben könnte, kommt niemand.

Ich begann zu der Zeit Nägel zu beißen. Tief hinunter, bis zur Nagelhaut, und das rief oft schmerzhafte Entzündungen hervor. Und immer wieder dachte ich denselben Wunsch: dass eine gute Fee kommen und die Zeit zurückdrehen würde bis zu Mikis Geburt und dass

Miki gesund zur Welt kommen würde. Immer dachte ich es so kompliziert: die Zeit zurückdrehen. Nie dachte ich es so, dass die gute Fee die Behinderung meines Bruders einfach wegzaubern könnte. Aber keine gute Fee kam und drehte die Zeit zurück. Im Gegenteil, die Zeit schritt fort, und je weiter sie fortschritt, umso offensichtlicher wurde Mikis Behinderung. Denn wenn ein Baby im Kinderwagen liegt und noch nichts anderes kann als ein bisschen in der Gegend herumschauen, dann fällt so eine Behinderung nicht auf. Aber wenn die anderen schon stehen und krabbeln und dein Bruder hebt gerade mal den Kopf, dann fällt das auf und es fällt immer mehr auf. Und wie gesagt: Du freust dich einerseits, dass er nun endlich den Kopf heben kann, und andererseits schneidet dir die Tatsache ins Herz, dass er ja schon sitzen können sollte.

Wird das aufhören?, habe ich mich oft gefragt. Wird das jemals aufhören wehzutun? Dieses Hintennachhinken, diese Hoffnung, dass er einmal alles wird aufholen können, und gleichzeitig das Wissen, dass er es nie aufholen wird. Dass er mit seiner Behinderung leben muss. Und Mama und Papa auch. Und ich.

Manchmal denke ich, ich habe mich abgefunden, aber dann, wenn ich meine Freundinnen mit ihren Geschwistern sehe, wie sie lachen und streiten und einander ärgern und wie sie, wenn's drauf ankommt, doch zusammenhalten, dann fühle ich wieder denselben Schmerz wie damals im Schwimmbad, am Messerstichtag.

Was macht Robert? Er sitzt immer noch brav an Frau Wachters Bett und fragt, ob sie etwas braucht. Sie hätte gern eine Flasche Orangensaft und eine Zeitung. Eine

Zeitung oder eine Zeitschrift, das wär gar nicht schlecht, denke ich. Ich habe den Kontakt zur Außenwelt schon fast verloren.

»Möchtest du auch etwas?«, fragt Robert mich. »Ja«, sage ich, »irgendeine Zeitschrift.«

»Was für eine?«

»Egal!«

Er schaut verlegen. Na klar, er weiß nicht, wie er mich einschätzen soll.

»Ein so genanntes Jugendmagazin«, sage ich. »Mir ist nach Unterhaltung und Ablenkung, Probleme habe ich selber genug.« Ich kann einen wildfremden Menschen wirklich nicht in die Verlegenheit bringen, für mich eine Zeitschrift auszusuchen. Robert nickt erleichtert. Ich krame meine Geldbörse aus dem Nachtkästchen.

Robert kommt bald zurück. Mit Zeitschrift und einer kleinen Schokolade. »Die ist von mir«, sagt er schüchtern und legt sie auf meine Bettdecke.

Das ist nett, Roberterl, sehr nett. Diabetes zuckerensis, bonbonensis, gummischlangensis und schokoladensis – hallo!

»Danke, das ist nett von dir«, sage ich und strecke ihm die Hand hin. »Ich heiße Petra.«

Er drückt meine Hand. »Robert!« Sein Händedruck ist gut. Fest, aber nicht so fest, dass du meinst, dir splittern die Knochen. Ich schaue Robert ins Gesicht. Dunkelblonde Kräuselhaare, blaugraue Augen, unauffällige Nase, unauffällige Lippen. Keine Brille, kein Bart, keine besonderen Kennzeichen.

Ich blättere in der Zeitschrift. Ein Test ist darin.

»Wie wirke ich auf Männer?«

Gut, der ist genau richtig.

1. Wenn ein Mann verspricht, Sie anzurufen, dann ...
   a) – ruft er sofort an, wenn Sie nach Hause kommen
   b) – ruft er am nächsten Tag an und dann täglich
   c) – ruft er nach einer Woche an
   d) – ruft er gar nicht an
2) Stellen Sie sich vor, dass ein sanfter Wind durch Ihr Haar streift. Was passiert in Ihrer Fantasie?
   a) – Sie laufen an einem romantischen einsamen Strand entlang
   b) – Sie fahren auf einem Fahrrad
   c) – Ein Gewitter zieht auf
   d) – Ihr Schutzengel fliegt vorbei
3) Schauen Sie an sich herunter: Was tragen Sie gerade an Ihren Füßen? (Ein Gipsbein steht sicher nicht zur Auswahl.)
   a) – Turnschuhe
   b) – hohe Pumps
   c) – Stiefel
   d) – Sandalen

Undsoweiterundsofort.

So. Die Antworten angekreuzt, die Punkte zusammengezählt. Und die Auflösung: *Auf Männer wirken Sie genau wie die Frau, die erfolgreiche Manager normalerweise in Heiratsannoncen suchen: scharmant, schick, dabei selbstbewusst, beruflich engagiert und dennoch eine liebevolle Hausfrau und zukünftige Mutter. Also die Frau, die sich in Designer-Jeans genauso gut bewegt wie im Abendkleid, die Auto genauso sicher fährt wie Fahrrad. Sie sind lebhaft und offen und für eine faire Partnerschaft zu haben, mit gleichen Rechten und Pflichten. Manchen Männern erscheinen Sie zu selbstbewusst, die ziehen sich dann erst einmal auf den Beobachterposten zurück. Aber das macht nichts, denn diese Typen sind sowieso nichts für Sie.*

Na super! Ich bin eine tolle Frau! Hab ich eigentlich gewusst! Oder?
In Wirklichkeit ist kein Wort davon wahr. In Wirklichkeit bin ich schüchtern und wenig selbstbewusst, was ich oft durch übertriebene Heiterkeit und blöde Bemerkungen wettmache.
Ein Horoskop gibt's auch. Gott, ich bin wirklich eine Tussi, ich les den ganzen Schwachsinn! Wassermann – Harry ist ein Wassermann.
Der Wassermann ist ein Playboy. Er ist unverbindlich, nett, man versteht sich, aber letztlich bleibt alles ein Spiel, das man mit jeder anderen Partnerin wiederholen könnte. Ein Wassermann wird nie den ersten Schritt tun, er zögert lange, auch wenn er verliebt ist. Er liebt die Freiheit. Er hat ein sorgloses, verspieltes Wesen.
Über dem ganzen Blödsinn, den ich da gelesen habe, habe ich den echten Harry für eine Weile vergessen. Aber jetzt fällt er mir wieder ein und da steigt mir gleich die brennrote Siedehitze ins Gesicht und ich weiß nicht, soll ich die Siedehitze Zorn oder Wut oder Enttäuschung oder Trauer oder Scham oder Minderwertigkeitsgefühl nennen oder alles zusammen oder einfach nur Schmerz? Vielleicht ist Harry tatsächlich etwas zugestoßen! Es muss ihm etwas zugestoßen sein, sonst wäre er längst hier. Allerdings – vorgestern war er noch ganz und munter. Mein Knöchel beginnt wieder zu schmerzen.
Schwester Beatrix steckt ihren Orangen-Karotten-Kopf zur Tür herein und flötet, dass die Besuchszeit vorbei ist. Ich drehe mich zur Seite, ich möchte am liebsten weinen (schon wieder!), aber ich kann doch nicht vor Robert und vor Frau Wachter, nicht einmal weinen kann man, wann man will.
Diese Unfreiheit macht mich krank. Hier liegen, in die-

sem Bett, eine Gefangene. Mich nicht rühren können. Nicht bewegen können. Nicht gehen können. Nicht einmal telefonieren können. Ich muss Papa doch bitten, mir ein Handy zu besorgen. Ich bin wahrscheinlich der einzige Mensch in der westlichen Welt, der kein Handy besitzt. Aber nein, ich würde pausenlos versuchen Harry zu erreichen, es würde zur Sucht werden, ich würde mich lächerlich machen. Und außerdem wäre es wieder ich, die ihn suchen würde. Und eigentlich soll er ja mich besuchen.

Ich möchte zu Hause sein. Ich möchte aufstehen und gehen können, wenigstens in den kleinen Garten im »Stadthaus«, verblühte Blütenköpfe und gelbe Blätter abzupfen, eine Rose abschneiden, die Gießkanne füllen – ich liebe das Geräusch, wenn das Wasser in die Blechkanne platscht – und die Dahlien gießen.

Ich möchte die Hauptstraße entlanggehen, die Leute in den Straßencafés sitzen sehen, mich selber hinsetzen und einen Eiskaffee trinken. Und ich habe Lust, ins Schwimmbad zu gehen, ich möchte auf das Sprungbrett steigen, federnd abspringen, steil ins Wasser tauchen und bis zur Erschöpfung schwimmen.

Ich muss Papa bitten, dass er mir meinen Handstein bringt. Ich muss selbst ein wenig über meinen Aberglauben lachen, aber ich bin der Meinung, dass dieser Stein mich beruhigt. Ich habe ihn vor kurzem gekauft. In der Straße oberhalb des Stadttheaters gibt es ein sehr schönes Geschäft. Der Besitzer stammt aus dem Iran. Ich bin einmal hineingegangen und wollte nur schauen, was es da so alles gibt, da blieb mein Blick an einem tiefblauen Lapislazuli hängen. Ein schöner Stein, in der Form eines Deltoids. Der Besitzer sagte zu mir: »So einen schönen Handstein werden Sie nicht bald finden. Lapislazuli – der Stein des Vertrauens. Er steht für geistige Reinigung, Güte, Inspiration, Schlaf, Stärke und Weisheit. Nehmen Sie ihn in die Hand, er wird Sie beruhigen ...«

Ich glaubte ihm kein Wort.

»Lassen Sie ihn in der Hand«, sagte er, »konzentrieren Sie sich auf den Stein, auf seine Kühle und wie er Ihre Handwärme annimmt. Achten Sie darauf, was Sie spüren ...«

Ich hielt es für das Bla-Bla eines Menschen, der unbedingt etwas verkaufen will. Aber ich ließ den Stein in meiner Hand, er wurde wärmer, es war ein gutes Gefühl, wie er da in meiner Hand lag, und ich fühlte tatsächlich eine ungewohnte Ruhe in mir aufkommen.

»Ich nehme ihn«, sagte ich.

»Sie werden es nicht bereuen«, sagte der Besitzer und lächelte.

Seither habe ich den Stein oft in die Hand genommen und jedes Mal fühle ich mich ruhiger, wenn ich ihn nach einer Weile wieder weglege. Natürlich weiß ich, dass es nur meine eigene Konzentration ist, die das bewirkt, aber mit dem Stein geht es leichter und so schreibe ich ihm doch eine gewisse magische Kraft zu.

Warum habe ich gerade jetzt an meinen blauen Handstein gedacht? Vielleicht weil Roberts Händedruck mich an das Gefühl erinnert hat, wie der Stein in meiner Hand liegt. Kühl und fest und warm.

Blödsinn! Ich denke nur mehr Blödsinn! Wenn ich aus dem Krankenhaus herauskomme, werde ich also nicht nur ein Gipsbein haben, wie ein Mastschwein aussehen und zuckerkrank sein, sondern auch verrückt. Das sind wunderbare Aussichten! Nun kann eigentlich nichts mehr passieren, außer dass ich vorher an gebrochenem Herzen sterbe.

Ich bin so müde. Wie kann man so müde sein, wenn man dauernd nur im Bett liegt? Ich bin unendlich müde. Sterbensmüde! Vielleicht fange ich schon zu sterben an. Manchmal habe ich mir gewünscht zu sterben. Manchmal war ich so traurig, wenn ich an Miki dachte, dass ich mir wünschte, ich wäre tot. Ich dachte nicht daran, Selbstmord zu begehen, das war mir zu gewalttätig und ich hätte auch gar nicht gewusst, wie ich es hätte anstellen sollen, nein, ich dachte einfach (einfach?), dass man seinen Tod beschließen würde und sich dann ins Bett legt, die Augen zumacht und stirbt. Sterben als bewusster Akt.

Alte Menschen können das, glaube ich. Manche wenigstens. Meine Freundin Chrissi hat mir von ihrer Urgroßmutter erzählt, die über neunzig Jahre alt wurde. In den letzten Tagen, bevor sie starb, lag ein grimmiger Ausdruck auf ihrem Gesicht, als wäre sie böse auf das Leben selbst. Sie aß nichts mehr, sie sprach nichts mehr. Sie war böse, weil sie noch leben musste, aber keine Lust mehr dazu hatte. Drei Tage später war sie tot. Selbst im Tod zeigte ihr Gesicht noch diesen grimmig-trotzigen Ausdruck. Sie hatte das Leben besiegt.

So ähnlich, nur sanfter, stelle ich mir das vor. Den Zeitpunkt des Sterbens selbst bestimmen können, das Leben beschließen und dann friedlich einschlafen. Alle Fragen eines würdigen Sterbens, alle Fragen der aktiven oder passiven Sterbehilfe wären damit gelöst.

Andererseits, wenn das möglich wäre, wäre ich vielleicht schon tot. Ich hätte vieles nicht erlebt. Viel Trauriges, aber auch sehr viel Schönes. Manchmal denke ich, ich darf gar nicht sterben, wer kümmert sich dann um Miki, wenn meine Eltern tot sind? Da ich sonst keine Geschwister habe, kann ich die Verantwortung auf niemand anderen abschieben. Wenn meine Eltern einmal sterben, werde ich der einzige Mensch sein, den Miki noch hat. Das ist manchmal ein sehr bedrückender Gedanke.

Schon damals, mit acht Jahren, seit dem Erlebnis im Schwimmbad, wusste ich, dass alles mit einem Mal völlig anders geworden war. Von diesem Punkt meines Lebens zweigte ein Weg ab, der mich in eine ganz andere Richtung führte, als wenn mein Bruder ein so genanntes »normales« Kind gewesen wäre.

Völlig unbeschwert war ich seither nie. Ich schob die Verantwortung weg, für Stunden, für Tage, manchmal für Wochen, nur selten für Monate. Ich versuchte heiter zu sein, aber es war eine gespielte, übertriebene Heiterkeit, die die Gefühle wie ein schlechter Zuckerguss überzog: Trauer, Zukunftsangst, Mitleid und Selbstmitleid.

Sehr oft war Selbstmitleid das stärkste Gefühl. Warum? Warum?, fragte ich. Warum ich? Warum kann ich keinen »normalen« Bruder haben? Einen zum Lachen, zum Reden, zum Streiten, zum Verbünden. Die anderen, die solche Geschwister haben, die können das gar nicht schätzen.

Ich habe im Schwimmbad (im Juni, ein paar Tage vor meinem Sturz) ein kleines Mädchen gesehen. Sarah. Etwa fünf Jahre alt, mit sehr blonden Haaren und einem außergewöhnlich ernsten Gesicht. Ich hatte sie vorher noch nie gesehen. Sie saß auf einer Decke mir gegenüber auf der Liegewiese, mit diesem reglosen Gesicht.

Sie aß eine Wurstsemmel und sie sah aus, als würde sie sich nicht von dieser Decke wegrühren, bis irgendjemand sie dazu aufforderte. Als sei sie festgenagelt. Ihre Freundin sprang um sie herum, plapperte munter drauflos, erzählte Sarah dies und das. Der Unterschied zwischen den beiden war augenscheinlich. Erst später erfuhr ich, dass Sarah einen behinderten Bruder hat.
Und plötzlich sah ich mich selbst vor mir, ein kleines Mädchen, mit demselben Gefühl. Dass ich wie angenagelt dasaß und mich nicht wegrühren konnte. Wegen Miki. Weil er gerade weinte. Weil es ihm nicht gut ging. Weil ich ein schlechtes Gewissen hatte, dass es mir gut ging und ihm nicht. Er konnte aus seinem Schicksal nicht »aussteigen« und so konnte ich es auch nicht. Dieses Gefühl ließ mich erstarren. Ich konnte nicht auf ihn zugehen, ich konnte mich nicht entfernen. Ich verharrte reglos, ich war ein Stein geworden wie die Menschen im Märchen, von böser Zauberhand berührt.
Harry hat mich erlöst. Eine Zeit lang. »Du musst ihn nicht überallhin mitschleppen«, sagte er. »Er ist dein Bruder, nicht dein Kind. Du hast ein Recht auf ein eigenes Leben ohne schlechtes Gewissen.« Ich befolgte seinen Rat und hatte trotzdem ein schlechtes Gewissen. Dabei wusste ich, dass es Miki nichts half.
»Warum bist du so unruhig?«, sagte Harry oft. »Hast du schon wieder dein unvergleichliches, einmaliges, berühmtes schlechtes Gewissen?« Mir war es unangenehm, wenn er so etwas sagte. Er schien dann so unnachgiebig. Ich hatte mehr Verständnis erwartet.
Manchmal gelang es mir aber doch, für kurze Zeit mit Harry unbeschwert zu sein. Das waren die ganz schönen Stunden. Harry hat mir etwas beigebracht, was ich

bis dahin nicht konnte: spontan sein und ohne Bedenken den Augenblick genießen. Harry steckt voller Ideen, was wir alles unternehmen können. Wir machen – machten, muss ich jetzt eigentlich sagen – Radtouren, fuhren Rollerskates, spielten Tennis, gingen ins Kino, in die Disco. Die acht Monate mit Harry waren die intensivsten meines Lebens. Harry ist zwar überall besser als ich, geschickter, ausdauernder, schneller, aber das macht mir nichts aus. Selbst beim Schwimmen ist er besser, obwohl ich eine gute Schwimmerin bin. Einmal waren wir an einem Badesee, da hatte ich ein ganz eigenartiges Erlebnis. Eigentlich war es kein Erlebnis, sondern eher eine eigenartige Wahrnehmung. Harry war ziemlich weit hinausgeschwommen, ich saß am Ufer und beobachtete ihn. Ich sah seinen Kopf auf dem Wasser, immer und immer wieder. Ich dachte, wie glücklich ich mich schätzen konnte, hier mit Harry zusammen zu sein. Als ich wieder hinschaute, sah ich seinen Kopf nicht mehr. Die Wasseroberfläche lag still und glatt da. Plötzlich entstand in meinem Kopf eine absolute Stille, die Angst hatte alle Außengeräusche ausgeblendet. Ich saß starr, versteinert, ich weiß nicht, wie lange. Und auf einmal sah ich Harrys Kopf an einer ganz anderen Stelle, als ich ihn vermutet hatte.
»Er ist so ein lieber Mensch!«
Wie bitte, was? Ach, die Frau Wachter! Ich war grad so schön am Abdriften und sie holt mich sanft, aber brutal in die lysoformierte Krankenhauswirklichkeit zurück. So etwas sollte bei Strafe (Leintuchentzug, Schüsselentzug, Schlafmittelentzug) verboten sein.
Wo ist Robert? Er muss inzwischen gegangen sein und ich habe es gar nicht bemerkt.

Der Tee kommt. Ohne Zucker bitte!
Und dann kommt der Primar samt Rattenschwanz. »Wie geht's unserer Urlauberin?« Hahaha, wo haben wir denn den Scherz ausgegraben, Herr Primar? Aus dem Komposthaufen?
Huch! Da ist ein Neuer im Rattenschwanz, der schaut umwerfend aus. Wie ein griechischer Gott – nein, wie ein römischer. Römische Götter haben immer Lockenköpfe. (Griechische auch?) Dieser Neue hat einen römischen Götterlockenkopf, dass es römischer und lockiger nicht mehr geht.
Hat er mich angeschaut? Schaut er mich an? Ja, er schaut mich an. Nein, er schaut mich nicht an, er lächelt mich an! O my Roman God, ich kriege ganz trockene Lippen. Ich fahre mit der Zunge darüber, hoffentlich hat das nicht zu lasziv gewirkt.
Er lächelt noch immer, der römische Lockengott. Ich höre kein Wort mehr von dem, was der Primar sagt, ich bin wie von einem schalldichten Raum umgeben, ich sehe nur mehr dieses Lächeln.
Der Primar und sein Rattenschwanz wenden sich Frau Wachter zu. Auch der Lockengott dreht sich um, für einen Moment schaut er noch einmal zu mir. O my God, er wird sich doch nicht in mich verliebt haben! O my God, ich werde mich doch nicht in ihn verliebt haben! Das satte Grinsen ist aus meinem Gesicht kaum wegzukriegen. He, Petra, stell dich nicht blöder an, als du sowieso schon bist! Der Lockengott lacht vermutlich Frau Wachter genauso an. Berufsgrinser! Wirkt beruhigend und vertrauensvoll auf die Patienten. Erleichtert die Arbeit. Der Rattenschwanz verlässt das Zimmer. Der Lockengott dreht sich nicht mehr nach mir um.

Hoffentlich fängt Frau Wachter nicht wieder von ihrem Robert zu quatschen an. Ich möchte jetzt ganz einfach meine Ruhe haben. Das Liegen ist schon so mühsam und unbequem. Und dieses ewige Abhängigsein von irgendwem. Ich liebe die Unabhängigkeit.
Schwester Beatrix kommt mit dem Fieberthermometer. Beim Anblick ihrer Karottenmähne werde ich gleich munterer. »Schwester Beatrix«, sage ich, »die entscheidende Frage ist: Ist Liegen eine Stellung oder eine Lage?« Sie schaut mich zweifelnd an. »Noch schwieriger ist es mit Hängen. Ist Hängen eine Stellung oder eine Lage oder ist es ganz einfach eine Hängung?« Ich merke, dass ich Schwester Beatrix verwirre, und das macht mir ungeheuren Spaß. »Noch schwieriger ist es mit dem Begriff Abhängigkeit«, fahre ich fort. »Bin ich, wenn ich abhängig bin, in einer schlechten Lage oder in einer schlechten Stellung oder in einer schlechten Hängung?« »Auf jeden Fall in einer schlechten Position!«, sagt Beatrix und das erklärt natürlich alles.
Warum ist Harry nicht gekommen?
Eva schlüpft bei der Tür herein. »He, altes Haus! Ich hab mir gedacht, ich komm außerhalb der Besuchszeit. Ich wollte dich nicht stören.« Und dabei grinst sie von einem Ohr zum anderen.
»Er war gar nicht da!«, sage ich und die Tränen sitzen schon wieder ziemlich locker.
»Scheißkerl!«, sagt Eva.
Na, na, so braucht sie auch nicht über ihn zu reden. Vielleicht hat er keine Zeit. Oder es ist etwas passiert.
»Hast du ihn irgendwo in der Stadt gesehen?«
»Nein«, sagt Eva.
»Einmal war er da«, sage ich. »Ganz kurz.«

Und dann muss ich doch heulen. Aber ich bremse mich ein beim Heulen, ich heule so leise und unterdrückt, wie ich nur kann, weil doch die Frau Wachter daneben liegt und die soll nicht mitkriegen, dass ich unglücklich bin. Aber sie müsste ein Vollidiot sein, wenn sie nichts merken würde. Egal. Was geht mich die Frau Wachter an? Und vor allem: Was geh ich die Frau Wachter an? Ich öffne die Heulschleusen noch weiter.
»Warum darf er das?«, frage ich. »Warum darf er mir so wehtun?«
Eva runzelt die Stirn. »Ich weiß nicht«, sagt sie. »Im Moment fällt mir dazu nichts ein.«
Scheiß auf ihn!, hätte sie vielleicht sagen wollen. Ich kenne Eva und ihre Sprüche. Ich denke, sie hält sich zurück, weil sie mich schonen will. Das passt nicht zu Eva, aber es ist nett.
»Was denkst du über Harry?«, frage ich. Das habe ich sie noch nie gefragt, weil ich sowieso der Meinung war, die ganze Welt halte Harry für unwiderstehlich.
Eva schaut auf die Bettdecke, auf den Fußboden. »Er ist nett«, murmelt sie. »Er schaut umwerfend gut aus, er ist scharmant ... Was soll ich noch sagen?«
Sie weicht mir aus. An irgendeinem Punkt hat sie abgebrochen. Und ich mag nicht weiter fragen.
»Was ist los?«
»Nichts. Ich bin nur müde.«
»Wann fährst du?«
»Am Samstag. Ich komme auf jeden Fall morgen noch vorbei.«
Also bis morgen.
Sie geht. Sie hat's gut, sie liegt nicht im Krankenhaus. Sie hat kein gebrochenes Bein. Sie fährt nach Tunesien.

Sie wird durch den brennheißen Sand laufen und sich in die Wellen werfen und ein schwarzäugiger Tunesier nach dem anderen wird sich in sie verlieben und ein Kellner nach dem anderen wird sie scherzhaft in Kamelen aufwiegen.
Und – sie hat keinen Harry, auf den sie warten muss.
Schwester Marion kommt herein. Sie fragt, ob wir eine schöne Besuchszeit gehabt haben. Ich murmle irgendetwas Undefinierbares, Frau Wachter nickt eifrig und hat vor Freude über den Besuch ihres Robert glänzende Augen.
Schwester Marions Augen leuchten wie zwei Halogenspots. Fröhlichkeit und Optimismus können nervend sein. Aber dann blendet sie ihre Gucker ab und sagt ganz besorgt, dass ich kein Abendessen gegessen habe. Ich sage: »Das ist das einzig Positive an diesem Tag. Vielleicht nehme ich zwei Gramm ab!«
Nachtroutine, Schüssel, Zähnespucken, Gute Nacht, Frau Wachter.
Draußen am Balkon brennt noch das Licht. Eine einzelne Zikade trommelt. Ich atme tief. Ich bin ruhiger geworden. Etwas ist von mir gewichen. Die Unsicherheit ist gewichen, auch der Zorn. Für heute muss ich nicht mehr warten. Wenigstens diese Sicherheit habe ich.

5.
Freitag

»Guten Morgen, Frau Wachter«, sage ich. »Wie geht es Ihnen heute? Haben Sie schlafen können?« Ich klinge, als hätte ich ein Benimm-dich-Buch verschluckt.
»Na ja, gut ist besser, als es mir geht. Ich habe geschlafen wie ein Hase. Immer wieder ein kleines Nickerchen. Dazwischen bin ich lange wach gelegen.« Sie klingt auch, als hätte sie ein Buch verschluckt, nur weiß ich nicht, was für eines.
»O je«, sage ich. Also jetzt höre ich auf mit dieser Scheiß-Konversation. Was ist denn bloß in mich gefahren?
Oh, ich hatte schöne Träume in dieser Nacht! Ich habe von Harry geträumt. Wir waren an einem See, es war ganz still, ein Boot glitt auf dem Wasser dahin, man hörte den Ruderschlag nicht. Harry und ich saßen auf einer Bank am Ufer und schauten auf den glatten Wasserspiegel. Wir saßen nebeneinander, wir sprachen nichts, aber die Sprachlosigkeit war nicht peinlich. Ich war glücklich, so neben Harry zu sitzen, an diesem glatten stillen See. Als ich hinunterschaute auf den Boden, war der mit braunen und gelben Blättern bedeckt.
Im Traum hat mich das nicht gestört. Aber jetzt denke ich: Wie kann man mitten im Hochsommer von Herbstblättern träumen? Und ich ärgere mich und finde den Traum gar nicht mehr schön!
Die Morgenroutine beginnt. Das Schüsselgehen – zu-

mindest der flüssige Teil der Angelegenheit – geht schon ganz gut, mit dem festen Teil des Ausscheidungsverfahrens habe ich noch meine Probleme. Ohne dicke weiße Milch als Abführhilfe geht da gar nichts. Frau Wachter sagt, ihr geht es genauso und sie wird uns von Robert Sauerkraut bringen lassen. Sauerkraut ist das allerbeste Abführmittel. Na toll, das wird ein Run auf die Schüsseln werden. Die große Krankenhaus-Schüssel-Trophy! Die Tour de Schüssel, o la la!

»Kommt Roberterl denn heute auch?«, frage ich. Ich darf nicht Roberterl sagen, es klingt ätzend.

»Ich denke schon«, sagt Frau Wachter. »Er hat versprochen, dass er jeden Tag vorbeischaut, für den Fall, dass ich etwas brauche.«

Ach ja-tscherl. Roberterl tut das! Schaut jeden Tag nach seinem Omerl. Ach Gotterl, wie netterl! Frau Wachter hat's gut! Aber heute kommt Harry ganz bestimmt. Wenn er heute nicht kommt, dann ... Was dann?

Der Lockengott platzt in meine Überlegungen. Lockengott ohne Rattenschwanz, das ist ungewöhnlich. Er geht an Frau Wachters Bett, prüft das Krankenblatt, lächelt.

»Sind Sie schmerzfrei, Frau Wachter?«

»Schmerzfrei ist leicht übertrieben, Herr Doktor!«, sagt sie.

»Ich werde sofort veranlassen, dass Sie etwas gegen Ihre Schmerzen bekommen!«, sagt er.

»Na ja, so arg ist's auch wieder nicht«, sagt sie.

Ach, du heilige Bescheidenheit!

»Es soll nicht ein bisschen arg sein«, sagt er. »Schmerzen beeinträchtigen den Heilungsprozess und das soll und darf nicht sein!« Also spricht der Lockengott. Welches Buch hat er verschluckt?

Er schaut auch auf mein Krankenblatt, fragt, ob ich Schmerzen habe. Ich strahle ihn an und hauche Nein.
»Gut«, sagt der Lockengott. »Gut!« Er lächelt mich an. Ich werde zur Infrarotlampe.
Ein paar Minuten später kommt er zurück und bringt Frau Wachter das Schmerzmittel. Wie aufmerksam! Frau Wachter wird ein rosa Seidenzuckerl! In ihrem Alter!
Der Lockengott entschwindet, die Putzbrigade flattert heran, eins, zwei, drei, Husten, Husten, Husten! Langweilig wird das. Wirklich langweilig! Wieso bin ich plötzlich so schlecht aufgelegt? In der Früh war alles noch so gut. Warum bin ich jetzt so scheißdrauf? Der Lockengott kann's nicht gewesen sein. Frau Wachter auch nicht, sie war nur nett. Mein Traum war still und schön. Waren es wirklich die Herbstblätter? Ich kann doch nicht wegen geträumter Herbstblätter schlecht aufgelegt sein!
Der Frühstückstee schmeckt schal, die Semmeln schmecken strohig, die Putzmittel stinken, das Zimmer stinkt, ich stinke.
Schwester Marion kommt herein. Endlich ein Lichtblick – aus blauen Augenstrahlern. Ich verstehe nicht, wie sie es schafft, immer gut aufgelegt zu sein.
»Gut geschlafen?«, fragt sie.
»Ja«, sage ich, »aber nicht gut gewacht! Ich bin äußerst schlecht aufgelegt!«
»Das ist schlecht«, sagt sie, »denn wir können dich nicht umlegen! O je, jetzt hab ich du gesagt. Ist das schlimm?«
»Überhaupt nicht«, sage ich, »bleiben Sie dabei!«
»Dann musst du aber auch du zu mir sagen!«, meint sie.
»Ja?«
»Ja!«

»Was ist so schlimm an diesem Morgen?«, fragt Marion.
»Eigentlich nichts«, sage ich. »Und das ist gerade das Schlimme!«
»Hast du Schmerzen?«, fragt sie.
»Nein«, sage ich und denke: Jedenfalls nicht im Bein. Allenfalls in irgendeiner dunklen Herzkammer. Schwester Marion nickt und sagt: »Ich komm später wieder, wenn ich mehr Zeit habe.«
Schluss! Weg mit allen trüben Gedanken! Ich muss mich selber aufbauen. Ich muss heiterer sein. Ich muss! Warum muss ich? Ich will! Ja, ich will. Ich bewundere Leute, die grundsätzlich heiter sind. Sie sind Balsam für die Seele. Ich möchte gern so ein Mensch sein. Aber ich schaffe es nicht. Doch zumindest will ich mich bemühen. O my God, jetzt denke ich so, als hätte ich einen Katechismus verschluckt. Heute ist der Tag des imaginären Bücherverschluckens.
Ich denke an Harry. Ich stelle mir vor, dass wir an dem See sitzen, von dem ich geträumt habe, aber ohne Herbstlaub am Boden. Es ist ein strahlend blauer Sommertag, die Holzbohlen der Stege riechen vor Hitze fast rauchig, und wenn die Sonne auf die Bäume fällt, malt sie deren Schattenbild aufs Wasser. Ein echtes Aquarell! Ich versuche zu lächeln. Ich konzentriere mich so lang auf mein Gesicht, bis ich spüre, dass ich lächle. Und da muss ich lachen.
Frau Wachter schaut zu mir und lächelt zurück. Fragt nicht: Was ist los? Oder: Warum lachen Sie?, sondern lächelt einfach zurück. Und heute – ich weiß es ganz genau – wird Harry kommen!
Ich werde mich besonders hübsch machen. Aber zuerst noch ein kleiner Schönheitsschlaf. Ein paar Minuten ...

Keine Ahnung, wie lang ich tatsächlich gedöst habe.
Ich läute nach Schwester Marion und frage, ob sie mir bei einer gründlichen Waschung behilflich sein könnte. (Ich spucke Salto-Sätze mit dreifacher Schraube.)
»Selbstverständlich!«, sagt Marion. »Die Haare auch?«
Ja, die Haare auch!
Sie wäscht mich vom Kopf bis zum rechten Fuß, schamponiert die Haare, spült sie zweimal, rubbelt sie, kämmt sie, föhnt sie. Sie zieht mir ein frisches Nachthemd an und vorher reibt sie meinen Rücken ein, was für eine Wohltat! Und dann überreicht sie mir mit einem Augenzwinkern einen kleinen Flakon mit Parfum.
Ich kann nur wenige Parfums riechen, meist wird mir ganz übel, wenn so eine schwere Duftwolke an mir vorüberzieht. Aber dieses Parfum ist ein echt kornblumenblauer Augenstrahlduft! Ich werde ganz verführerisch riechen, wenn Harry kommt.
Harry, Harry, Harry, in meinem Bauch tanzen Millionen von Schmetterlingen, die tanzen vor Aufregung und Vorfreude, die tanzen und tanzen und sagen mir, dass du kommst. Die Schmetterlinge tanzen so wild, solche wild tanzenden Schmetterlinge können sich nicht täuschen.
Ich war noch nie so verliebt. In niemanden. Ich habe gar nicht gewusst, dass es so etwas gibt. Diese Gefühle, dieses Hindrängen, dieses schmerzhafte Ziehen in der Herzgegend. Manchmal denke ich, ich bin süchtig nach Harry. Sehn-süchtig! Ich bin kribblig und unruhig, wenn ich ihn nicht sehe. Und wenn ich dann mit ihm zusammen bin, bin ich ruhig und heiter.
Nur – eins ist seltsam ... Nach einer gewissen Zeit, wenn Harry von seinen sportlichen Aktivitäten berichtet hat,

wenn er mir jeden Punkt seines letzten Tennismatches vorgezählt hat, wenn er erzählt hat, wie schnell er die Laufstrecke bewältigt hat, immer dieselbe Strecke, die er zweimal in der Woche läuft, um wie viele Zehntelsekunden er sich wieder gesteigert hat, wenn er also alles, was ihm wichtig ist, genau berichtet hat, macht sich danach eine peinliche Stille breit. Ich denke immer, dass ich nun an der Reihe wäre zu berichten, aber ich habe kein Tennismatch gespielt und ich habe keine Laufstrecke bewältigt, wenn ich irgendetwas Sportliches unternehme, dann sowieso gemeinsam mit Harry, das weiß er alles, darüber kann ich ihm nichts erzählen. Über Miki mag ich nicht mit ihm sprechen, Eltern sind kein Thema, die Schule – nicht sehr einfallsreich, Politik – nicht unbedingt mein allererstes Interesse. Literatur – Harry liest ganz andere Bücher als ich. Er liest gern Sachbücher, vor allem über die diversen Sportarten, die er betreibt, und ich liebe Gedichte.

Einmal waren Harry und ich bei einem Heurigen. Der Wirt ist ein Poet, er hat einen »Lyrikgarten« eingerichtet. An den Bäumen hängen Holztafeln mit Gedichten. Sie hängen dort so lange, bis sie verwittern, dann hängt der Wirt neue Gedichte auf. Er sagt, dieser Lyrikgarten befinde sich geografisch exakt im Mittelpunkt Europas, er sei gleichsam der Nabel Europas. Mir hat dieses Bild sehr gefallen. Harry war davon nicht allzu beeindruckt. Schon als Kind habe ich Gedichte geliebt. Die Fingerreime, die die Kindergartentante mit uns spielte: Das ist der Daumen, der schüttelt die Pflaumen ... Oder: Alle meine Fingerlein wollen einmal Tiere sein, dieser Daumen ist das Schwein, dick und fett und ganz allein ... Und die anderen Gedichte: Still, ich weiß was, hört gut

zu, war einst der Riese Timpetu, der arme Bursche hat, o Graus, verschluckt im Schlafe eine Maus ... Ich hab gedacht, da Harry nicht sehr viel älter ist als ich, müsste er doch dieselben Kinderreime gelernt haben und sie auch noch kennen. Und sich vielleicht an ihnen freuen. Aber jedes Mal, wenn ich mit so einem Reim angefangen habe, hat er nur irgendwie vage geblickt und ich hab ein komisches Gefühl im Bauch gekriegt, ich kam mir kindisch, fast lächerlich vor und dann habe ich damit wieder aufgehört. Schade. Wir hätten über diese alten Sachen so lachen können. Da kommt das böse Krokodil, das meinen Kasperl fressen will ...
Harry! Trotzdem, ich liebe dich, auch wenn du keine Gedichte magst. Wenn wir in Sprachlosigkeit fallen, dann zieht Harry mich an sich und küsst mich und ich schmelze dahin. Ja, ich schmelze. Von Anfang an bin ich unter seinen Küssen zerschmolzen.
Zeit fürs Mittagessen. Heute sind sie mit dem Servieren besonders früh dran. Aber das ist gut, dann habe ich mehr Zeit für mich, bevor Harry kommt. Es gibt Gemüselaibchen und sie schmecken hervorragend, es ist nicht zu fassen! Das ist ein gutes Zeichen!
So. Noch eine Tasse Tee. Gut. Alles abserviert, gut!
Ich schaue in den Spiegel. Ich bin zufrieden mit dem, was mir da entgegenblickt. Nach der Ganzkörperkur schaue ich wirklich passabel aus. Noch ein paar Duftspritzer aus Schwester Marions Flakon. Nun kann Harry kommen.
Die Tür geht auf, Eva kommt herein. »Ich hab leider nicht viel Zeit«, sagt sie. »Muss noch packen. Die Kamele warten, na, du weißt schon. Also – ich bleib nur fünf Minuten.« Sie setzt sich an mein Bett, sie wirkt nervös,

das ist sonst nicht ihre Art. Ist es wegen der Reise? Aber sie ist eigentlich nie nervös, wenn sie verreist.
Sie schaut mich an, als wäre ich ein kleines Kind, zögert und dann sagt sie: »Ich glaube, ich sollte es dir sagen. Damit du nicht tagelang unnötig wartest.«
Was wird das denn? Weshalb diese große Ankündigung?
»Harry ist weggefahren«, sagt sie und mir rutscht das Herz ab an irgendeinen undefinierbaren Ort, wo es nicht hingehört. Ich muss Eva völlig entsetzt ansehen, denn sie redet gleich weiter: »Nur ein paar Tage. Das hab ich von seiner Mutter gehört. Mit Joachim und anderen Freunden, hat sie gesagt. Camping am Neusiedlersee. Die wollen dort Rad fahren und segeln und surfen und so.«
Ich schüttle den Kopf. Ich kann es nicht fassen. Nicht, dass er weggefahren ist. Aber dass er sich nicht von mir verabschiedet hat.
»Es tut mir Leid«, sagt Eva. »Aber ich musste es dir sagen. Denn ich glaube, das sinnlose Warten wäre für dich noch schlimmer gewesen.«
Ich nicke und seufze. »Ich versteh's nicht.« Wie kann er nur so grausam sein, füge ich in Gedanken hinzu, aber das sage ich Eva nicht.
»Nimm's nicht tragisch!«, sagt Eva.
»Wie soll ich's denn sonst nehmen?«, frage ich.
Sie schaut mich an und zuckt die Achseln.
Ich presse die Lippen zusammen und würge die Tränen hinunter.
Es ist nicht zu fassen. Es ist ganz einfach nicht zu fassen! Fährt weg, ohne etwas zu sagen. Ohne sich von mir zu verabschieden. Jetzt hat er mich nur einmal besucht, ganz kurz, vor diesem Tennismatch, hat nicht einmal

Zeit gefunden, sich an mein Bett zu setzen – und nun das! Was geht im Kopf eines Menschen vor, der so etwas tut? Er hat doch immer gesagt, dass er mich liebt! Hat er gesagt, dass er mich liebt? Doch, er hat! Hat er?
Wie lang bin ich jetzt reglos dagelegen? Ich habe Evas Anwesenheit völlig vergessen. »Entschuldige!«, sage ich.
»Wofür entschuldigst du dich?«, fragt sie. »Dafür, dass es dir wehtut, was dieser Scheißkerl mit dir macht?«
»Sag so was nicht«, sage ich. »Er wird seine Gründe haben.«
»Ich fass es nicht«, sagt Eva, »du nimmst ihn auch noch in Schutz!«
»Vielleicht wollte er mir nicht wehtun«, sage ich. »Vielleicht wollte er nicht, dass ich weiß, dass er sich vergnügt, während ich hier liege. Vielleicht ist das seine Art, rücksichtsvoll zu sein.«
»Vielleicht bist du ein hoffnungsloser Fall!«, sagt Eva. Sie nimmt meine Hand und streichelt sie. Ich schließe die Augen und lasse es geschehen. Ein Engel schwebt vorbei.
Eva drückt meine Hand fester. »Ich muss gehen.« Sie umarmt mich. »Tschüs, Petra. Pass auf dich auf!«
»Du auch«, sage ich. »Lass dich von niemandem in Kamelen aufwiegen. Und wenn er hundert Stück bietet! Und iss keinen Salat! Und ...«
»Mach ich!«, sagt Eva. »Und du verfall nicht in Trübsal. Flirte lieber mit den Ärzten oder mit sonst irgendwem! Und halt die Ohren steif!«
Schon wieder steife Ohren! Na gut.
Sie gibt mir einen Kuss.
»Schreib mir eine Karte!«
Sie nickt. Sie geht. Sie winkt. Sie ist fort.

Frau Wachter schläft. Oder tut sie nur so? Wenn sie nur so tut als ob, dann ist das sehr rücksichtsvoll von ihr.
Ich schaue aus dem Fenster. Jetzt bin ich schon den fünften Tag in diesem Zimmer mit Aussicht und Vollpension und ein Tag ist schöner und heißer und strahlender als der andere. Alle Tage Royal Blue. Nur – im Krankenhaus sind die Tage nicht Royal Blue.
Harry, wie kannst du mir das antun? Einfach wegfahren, ohne mir etwas zu sagen? Ohne mich zu besuchen? Ohne, ohne, ohne! Wie kannst du dich einfach so davonstehlen?
Auf dem Nachtkästchen liegt noch der kleine Flakon mit Parfum. Am liebsten würde ich mir den Duft von der Haut reißen.

6.
Samstag

Ich habe geträumt, ich sei in einem riesigen Haus gewesen, vielleicht war es ein Schloss. Es gab da einen langen Gang, mit rotem Teppich ausgelegt, der Gang war eine Bildergalerie, eine Ahnengalerie, dort hing Harrys Bild, es war ein dunkles Ölbild in einem Goldrahmen. Ich stand davor, betrachtete es, ich hatte Pinsel und Farbe in der Hand, damit kleckste ich den Rahmen an. Die rote Farbe rann den Rahmen entlang und tropfte zu Boden. Ein wenig Farbe sickerte auch in das Bild.
Heute werde ich nicht auf Harry warten müssen. Die Gewissheit, dass er nicht kommt, ist besser als das Warten und die Enttäuschung, wenn er nicht gekommen ist. Leise Marschmusik erklingt. Ich drehe mich zu Frau Wachter um. Sie hat ein kleines Radio eingeschaltet.
»Stört Sie die Musik?«, fragt sie.
Marschmusik ist nicht gerade die Art Musik, die mich vom Hocker reißt, aber da ich ohnedies nicht auf einem Hocker sitze, ist es egal.
»Nein, ist schon o.k.«, sage ich. Und da fällt mir erst auf, wie lange ich schon keine Musik mehr gehört habe und dass mir das gar nicht gefehlt hat. Seltsam. Zu Hause vergeht kaum eine Stunde, in der ich nicht Musik höre.
Ich erinnere mich an einen zweiten Traum, den ich heute Nacht hatte, ein Traum, der immer wiederkehrt, in immer derselben Abfolge: Ich sehe Miki, wie er lachend

über eine Wiese läuft, und ich weiß im Traum, er ist gesund.

Miki, immer wieder sage ich gesund. Denke ich gesund. Ich muss aufhören so zu denken. Du bist nicht krank, du bist nur anders. Anders. Anders. Anders. Seltsames Wort. Aber jedes Wort wird seltsam, wenn man es ein paar Mal im Kopf hin und her dreht. MIKI, MIKI, MIKI. Früher habe ich die Worte oft verkehrt gelesen: IKIM, IKIM, IKIM. PETRA – ARTEP. Das klingt blöd! HARRY – YRRAH, das klingt arabisch. IKIM auch. ARTEP nicht, das klingt nur blöd.

YRRAH – ich hoffe, dass meine Schmerzkapsel nicht platzt!

Ich habe auch Buchstabenspiele gemacht: MIKI – mein immer währendes Kind ich. PETRA – da ist mir nur Negatives und Braves eingefallen: plump ernst treu ruhig artig. HARRY – halt aber ritsch ratsch ypsilon. (Das ist eher ein absurdes Gedicht.)

Ich stelle mir vor, wie Harry mit dem Rad um den See fährt, Gesicht im Wind, schwarzes glänzendes Haar. Schwarzer Helm, schwarze Radlerhose, stahlblaues Hemd – alles vom Feinsten. Ich hab mir schon oft gedacht, es ist gut, dass wir ein Modegeschäft haben, sonst könnte ich nicht mit ihm mithalten. Ich schaue sowieso manchmal recht mickrig neben ihm aus.

Ich stelle mir vor, wie er mit seinen Freunden das Zelt aufstellt, wie sie dann Kerzen anzünden, vielleicht ein Lagerfeuer machen, ich stelle mir sein Gesicht im flackernden Schein des Feuers vor.

Ich stelle mir vor, dass er an mich denkt.

Aber ich kann mir nicht vorstellen, wie er an mich denkt.

Denkt er: O Petra! Nein – so blöd denke nur ich.
Denkt er sehnsüchtig an mich? Tut es ihm schon Leid, dass er sich nicht von mir verabschiedet hat? Ganz bestimmt. Ich fühle es.
Ich weiß jetzt, wie es war: Er hat sich die Ferien mit mir ganz schön vorgestellt. Er hat tausend Pläne gehabt, was er alles mit mir unternehmen wird. Dann bin ich vom Baum gefallen und hab ihm einen Bruchstrich durch die Rechnung gemacht. Da war er enttäuscht. Was verständlich ist. Und dann hat er erst einmal eine Zeit gebraucht, um die Enttäuschung zu überwinden. Was auch verständlich ist. Dann ist er gekommen, aber da hat er wenig Zeit gehabt, wegen des City-Cups. Und dann ist einer seiner Freunde auf die Blitzidee mit dem Campingurlaub gekommen, Joachim wahrscheinlich. Da musste Harry ganz schnell seine Sachen packen, die Freunde haben ihn gedrängt, weil er unschlüssig war, ob er überhaupt mitfahren oder ob er meinetwegen dableiben soll, aber die Freunde haben noch mehr gedrängt und da hat er sich überreden lassen und alles musste ganz schnell gehen und da hat er einfach keine Zeit mehr gehabt, sich von mir zu verabschieden. Ja, so muss es gewesen sein! Sie haben ihm keine Chance gelassen, das ist alles.
Mein Herz ist auf einmal ganz leicht. Nach diesen paar Tagen wird Harry zurückkommen, glücklich, braun gebrannt und zufrieden, und es wird ganz schön mit uns sein. Er wird an meinem Bett sitzen und mir sagen, wie sehr ich ihm gefehlt habe.
»Geht's Ihnen gut?«, fragt Frau Wachter.
»Ja«, sage ich. »Und Ihnen?«
»Der Schmerz hat nachgelassen«, sagt sie.

Es ist sehr friedlich im Zimmer. Ich mag Frau Wachter.
Fau Wakka lib.
Heute ist Samstag. Mein Lieblingstag. Ich liebe Samstage, weil sie ein Versprechen sind. Die Pflichten erledigt, der Nachmittag frei, die Vorfreude aufs Ausgehen, Saturday Night, Disco, Tanzen, Freunde, Spaß und der ganze Sonntag ist noch morgen. Das ist ein so gutes Gefühl, ähnlich wie es die letzten Tage vor Schulschluss aufkommt, wenn man sich auf die Ferien freuen kann und die liegen noch als Ganzes vor dir. Ich liebe Samstage. Sonntage sind gar nicht mehr so schön, schon der Morgen trägt den Kern der Vergänglichkeit in sich. Und am Sonntagnachmittag kriege ich immer einen leichten Anflug von Depression, dem ich mich nur mühsam entziehen kann.
Aber heute ist Samstag. Ich spüre mein Gewicht nicht mehr, ich liege so leicht im Bett, als gäbe es das Gesetz der Schwerkraft nicht.
Ich verstehe das gar nicht. Denn was sollte der Samstag versprechen? Im Krankenhaus sind alle Tage gleich.
Und doch glaube ich zu spüren, dass manches anders ist. Es geht ruhiger zu, kaum Geklirre auf den Gängen, weniger Stimmengewirr, nur eine Putzfrau und nicht drei, kein Rattenschwanz bei der Visite. (Der Lockengott ist heute auch nicht dabei – schade!)
Gleich nach dem Mittagessen kommt Frau Wachters Robert. War ja klar, dass er als Erster antanzt. Er kommt zur Tür herein, lacht, sagt Hallo, Oma, hallo, Petra, ich hab das Gefühl, dass er ein bisschen auch mich besuchen kommt.
Frau Wachter darf seit heute früh aufstehen. Beatrix, die Karottenrote, und Manuela, die Katheterschwester und

flammende Verdammungsrednerin, haben ihr aus dem Bett geholfen. Sie musste eine Weile am Bettrand sitzen, wegen des Kreislaufs, sonst wäre sie möglicherweise umgekippt und hätte sich noch den Rest der Rippen gebrochen. Aber so ist alles gut gegangen, Beatrix und Manuela haben sie gestützt, Frau Wachter hat ein bisschen gejammert, aber nicht allzu sehr, und dann ist sie wie ein braves Kind ein paar Schritte gegangen. Sie hat sich so gefreut, dass sie wieder aufstehen kann, vor allem wegen der Schüssel. »Menschsein besteht vor allem darin, dass man allein aufs Klo gehen kann«, hat sie gesagt. Na, wem sagt sie das!
Schwester Marion hat Frau Wachter über die Maßen gelobt und Frau Wachter hat gestrahlt wie ein Schulkind, das seine erste Eins gekriegt hat. So ein kindliches Strahlen habe ich noch bei keiner Erwachsenen gesehen.
Nächste Woche um die Zeit bin ich vielleicht schon zu Hause. Habe einen Gehgips und kann auch wieder allein aufs Klo gehen. Ein Gehgips-Menschsein wird das sein! Aber besser ein Gehgips-Menschsein als ein Liegegips-Schüssel-Dasein!
Frau Wachter sagt, sie möchte gern auf dem Balkon sitzen. Robert hilft ihr aufzustehen und begleitet sie hinaus. Sie hat's gut: Ich würde auch gern draußen sitzen. Robert schaut mich an, überlegt. Es ist als hätte er meine Gedanken gelesen. »Ich schieb dich hinaus«, sagt er.
»Geht das denn?«, frage ich.
»Es geht nicht, es fährt«, sagt er und lacht. Und schon hat er den Feststellmechanismus gelöst und rollt mich und das Bett zur Balkontür hinaus. Ah, ist das schön! Nach fünf Tagen endlich wieder an der frischen Luft. Wun-

derbar! Ich schließe die Augen, die Sonne liegt warm auf meinen Lidern. Ich atme den trockenen Duft der Fichten. Jetzt bemerke ich erst, dass hinter dem Krankenhaus ein kleiner Wald liegt, den habe ich vom Bett aus nicht gesehen.

»Man wird bescheiden, nicht wahr?«, sagt Frau Wachter. Seit sie wieder aufstehen darf, gibt sie sich ganz philosophisch. Aber sie hat Recht, man *wird* bescheiden. Wenn ich gesund wäre und jemand würde mir erzählen, dass ich im Krankenhaus läge und mich leicht fühlte, weil ich wüsste, dass mein Freund nicht kommt, und dass ich glücklich wäre, nur weil ich seit zwei Sekunden auf dem Balkon liege, dann würde ich ihn für verrückt halten. Wenn ich gesund wäre, müsste ich alles Mögliche unternehmen, um mich so leicht und zufrieden zu fühlen.

»Das ist ja wie im Urlaub!«, sagt Frau Wachter. »Fehlt nur noch der Kaffee!« Robert geht und kommt in wenigen Minuten mit drei Tassen Mokka zurück. Drei verpackte Eisstanitzel hat er auch mitgebracht. »Eiskaffee auf Raten«, sagt er.

Ich wundere mich immer mehr über Robert. Er wirkt heute gar nicht so schüchtern wie sonst, schwungvoll und unternehmungslustig. Nicht Roberterl, sondern Robert.

Wir trinken den Kaffee, mmh, schmeckt der gut nach dem abgestandenen braunen Wasser, das sie in der Krankenhausküche Kaffee nennen und das ich, weil der Tee schon meine Geschmacksnerven genervt hat, doch auch getrunken habe. Köstlich! Wir loben den Kaffee und Robert und den Balkon und den wunderschönen Tag und dann wieder den Kaffee und Robert.

Auf einmal stehen Papa und Miki auf dem Balkon. Wir haben sie gar nicht ins Zimmer kommen hören.
»Miki au Eis aben!«, sagt Miki.
»Jetzt sag erst einmal hallo!«, sagt Papa.
»Allo. Eis aben!«, sagt Miki.
»Ich hol dir eins«, sagt Robert. »Möchten Sie auch eins? Oder einen Kaffee?«
»Beides«, sagt Papa und reicht ihm seine Geldbörse. »Danke!«
Robert kommt bald wieder zurück, Papa trinkt Kaffee, wir sind schon beim Eis angelangt, Miki lutscht sein Eis, bekleckert sich, aber Papa sagt, es macht nichts, und Miki grinst und schleckt weiter.
Eine richtig schöne Balkon-Kaffee-Eis-Party.
Miki hat sich den Mund ganz mit Eis verschmiert. Er schaut aus wie ein Zirkusclown. Robert geht mit ihm ins Zimmer und wäscht ihm das Gesicht. Miki sagt danke. Danke ist ein Wort, das er ganz richtig aussprechen kann.
Mikis Teddybär liegt auf meinem Nachtkästchen. Miki holt ihn und fuchtelt vor meinen Augen damit herum.
»Teddy fagen, wie geht Peka? Peka gut?«
»O ja, mein lieber Herr Teddybär, mir geht es gut. Ja, heute geht es mir wirklich gut.«
Miki und Teddy nicken zufrieden. »Teddy fagen, Peka piln?«
»Ob ich mit dem Teddy spielen will?«
Miki und Teddy nicken.
»Aber ja, was sollen wir spielen?«
»Teddy Baum unterfallen.«
»Na gut, spiel uns vor, wie der Teddy vom Baum gefallen ist.«

Miki nimmt Teddy in die Arme, stapft auf dem Balkon herum, viel Platz zum Stapfen hat er allerdings nicht, und in einem lustigen Singsang sagt er: »Lalala, lalala, Teddy geht pazieren. Paziert auf Baum, Kiasen holen, kach, pumps, Teddy unterfallen. Au, au, au, Fuß bochen! Kankenhaus. Teddy weinen. Nich weinen, Teddy, Fuß widda gutt.«
Frau Wachter und Robert klatschen in die Hände. »Das hast du uns schön erzählt!«, sagt Frau Wachter. »Von deinem Teddy und seinem gebrochenen Fuß!«
»Das war toll!«, sagt Robert. »Du bist ein Geschichtenerzähler, ein richtiger Märchenonkel.«
Miki strahlt. »Lib, er!«, sagt er und zeigt auf Robert. Ach ja, er kennt den Namen noch nicht.
»Das ist Robert!«, sage ich.
»Boba«, sagt Miki. »Boba lib.« Er setzt sich neben ihn auf die Bank.
»Boba Figa piln!«
»Nein, Miki«, sage ich, »Robert kann hier nicht mit dir Flieger spielen.«
In mir steigt eine vage Erinnerung auf, aber ich will nichts Unangenehmes zulassen, der Nachmittag ist zu schön.
Ich frage Papa, wie es ihm heute im Geschäft gegangen ist, und er sagt, dass es trotz des heißen Wetters gar nicht schlecht gelaufen sei. Ein paar Urlauber hätten ihre Garderobe ergänzt und auch Strandtücher, Badetaschen und ein paar Mitbringsel gekauft.
Papa erzählt ganz entspannt. Ich habe ihn schon lange nicht mehr so friedlich irgendwo sitzen sehen. Der Tag ist optimal. Anscheinend für alle. Papa verschwindet plötzlich ganz geheimnisvoll. Und kommt mit einem

Tablett zurück, darauf stehen vier Gläser Sekt Orange für uns und ein Glas Orangensaft für Miki.

»Oh, das ist aber sehr liebenswürdig!«, sagt Frau Wachter und kichert. »Tolle Party, nicht wahr! Zu Hause wäre es mir nicht so gut gegangen.«

Papa gibt mir das Glas in die Hand. Wir prosten einander zu.

»Auf die gebrochenen Knochen!«

»So ist es«, sagt Frau Wachter. Sie klingt, als wäre sie schon vor dem Trinken beschwipst. »Auf die alten gebrochenen Knochen und die jungen gebrochenen Knochen und auf uns und auf dich, Miki!«

Sie stößt mit ihm an.

»Post!«, sagt Miki und trinkt sein Glas in einem Zug leer. Dabei schlürft und schmatzt er laut. Zu Hause fällt mir das gar nicht mehr auf, ich bin es so gewohnt, aber hier, vor Frau Wachter und Robert, ist es mir doch peinlich. Aber sie tun so, als wäre lautes Schlürfen und Schmatzen ganz normal oder als hätten sie nichts gehört, und an ihren Gesichtern lese ich ab, dass es mir nicht peinlich sein muss. Danach ist es mir eher peinlich, dass es mir peinlich war. Miki ist eben mit anderen Maßstäben zu beurteilen und ich weiß selbst nicht, warum ich ihn immer noch in die Normschablone pressen will. Ich sollte endlich akzeptieren, dass er so ist, wie er ist, und mich nicht für etwas genieren, was er nicht kann. Warum verfalle ich immer wieder in denselben Fehler? Frau Wachter und Robert haben anscheinend eine größere Toleranz als ich.

Robert unterhält sich leise mit Miki. Was reden sie? Nein, ich fass es nicht, er zählt ihm einen Fingerreim vor: Das ist der Daumen, der schüttelt die Pflaumen, der hebt sie

auf ... Und dann zeigt er ihm eine tolle Handverrenkung: Die beiden kleinen Finger und die beiden Ringfinger hakt er ineinander, mit dem rechten Daumen und dem linken Mittelfinger macht er einen Balken, zwei Finger hacken Holz auf dem Balken und ein Finger hebt das Holz auf. Faszinierend – vor allem die Schnelligkeit, mit der er das macht. Wie eine Fingermaschine. Ich hab noch nie einen Jungen gesehen, der einem Kind Fingerreime vorsagt. Und dann kommt auch noch: Still, ich weiß was, hört gut zu, war einst der Riese Timpetu. Der arme Bursche hat, o Graus, verschluckt im Schlafe eine Maus ... Ich fass es nicht. Robert muss in denselben Kindergarten gegangen sein wie ich. Miki ist hingerissen. Er schaut Robert aus großen Augen an, lacht und sagt dauernd: »Biese Timpetu, Biese Timpetu, eine Mauss. Hahaha.« Ich liege – gewichtslos – in meinem Bett und kann nicht glauben, dass es wahr ist, was ich da erlebe.
Und dabei – objektiv gesehen – ist es nichts, was ich erlebe. Was ist da schon dran? Ich liege in einem Krankenhausbett auf einem Balkon, mein Vater und mein Bruder sind bei mir, eine alte Frau, die ich nicht kenne, und ihr Enkel, der so überhaupt nicht mein Typ ist, so brav und angepasst, und ich liege da, spüre das Gewicht der Welt nicht mehr und bin glücklich.
Eine Weile schweigen wir und hören dem Gesumme des Waldes zu. Dann sagt Frau Wachter: »Ich glaub, ich muss mich wieder hinlegen, sonst wird's meinen Rippen zu viel.« Robert hilft ihr ins Bett. Miki inspiziert, ob sie beim Hinlegen auch alles richtig machen. Er steht neben ihrem Bett und schaut fasziniert zu, wie sie sich langsam auf den Polster sinken lässt. »Fau Wakka weh?«, fragt er. Sie stöhnt ein bisschen, bevor sie endgültig in

den Polster sinkt, dann sagt sie: »Ja, Miki, es tut ein bisschen weh, aber jetzt geht's schon wieder!« Miki ist zufrieden. Er öffnet Frau Wachters Nachtkästchenlade und beginnt den Inhalt genau zu untersuchen. »Nicht, Miki«, sagt Papa. »Das sind Frau Wachters Sachen, die gehen dich nichts an. Lass sie in Ruhe.«
Aber Frau Wachter sagt: »Ich habe keine Geheimnisse in dieser Lade. Er kann ruhig stöbern, wenn es ihm Freude macht.«
Auch Frau Wachter stammt in direkter Linie von einem Engel ab. Ich würde auszucken, wenn irgendein fremdes Kind in meinen Sachen wühlen würde.
Robert steht unschlüssig auf dem Balkon herum, wahrscheinlich überlegt er, ob er mich schon hineinbringen soll, aber ich sage: »Ich würde noch gern ein bisschen draußen bleiben. Es ist so schön.«
Und so sind Frau Wachter, Miki und Papa, der Miki nicht aus den Augen lassen will, im Zimmer, und Robert und ich bleiben auf dem Balkon. Er sitzt auf der Bank, ich weiß nicht, was ich mit ihm reden soll. Ich kenne ihn ja überhaupt nicht.
»Du bist nett zu Miki«, sage ich dann.
Er zuckt die Achseln.
Was soll ich jetzt sagen? Robert macht es mir nicht leicht.
»Und was machst du sonst? Ich meine, gehst du noch in die Schule oder arbeitest du schon?«
»Ich gehe in die Bildungsanstalt für Kindergärtner«, sagt er.
Pfff! Das haut mich um. Robert, die Kindergartentante. Nein, der Kindergartenonkel. Ich kenne keinen Jungen, der Kindergärtner werden will. Das kommt mir ganz komisch vor, dass er das will. Und einen Moment spä-

ter denke ich, dass ich eine dumme Kuh bin, die voller Vorurteile steckt. Da tue ich immer so progressiv, und wenn ein Junge tatsächlich einen »typischen Frauenberuf« ergreifen will, lehne ich das ab. Ich tappe in die primitivsten sexistischen Fallen.
»Hmm«, sage ich. »Interessant.«
Danach schweigen wir eine Weile. Vielleicht sollte ich wieder ins Zimmer gehen. Haha – gehen.
»Soll ich dich hineinführen?«, fragt Robert. Allmählich wird er mir unheimlich. Ich glaube, er kann wirklich Gedanken lesen.
Als mein Bett wieder am gewohnten Platz steht, sehe ich, dass der blaue Handstein auf meinem Nachtkästchen liegt.
Schwester Beatrix steckt ihre Karottenhaare zur Tür herein. Ich frage sie, ob das Zeitalter des Wassermanns schon angebrochen sei. Sie sagt Nein, nur die Besuchszeit sei zu Ende. Robert schaut Beatrix ziemlich lange an. Ich krieg ein komisches Gefühl im Bauch. Beatrix schließt die Tür. Robert ist zu jung für Beatrix. Sie ist erst für Männer ab 40 ...
O Gott, bin ich jetzt schon ganz vertrottelt?
Ich werde doch nicht eifersüchtig sein. Also komm, Petra, kratz deine kleinen grauen Zellen zusammen, auf ein kompaktes Häufchen, das vielleicht wieder halbwegs funktioniert. Aber schuld an dem ganzen Vertrottelungsprozess ist nur Harry. Wenn er mich nicht so schmählich im Stich gelassen hätte, dann kämen alle diese blöden Gedanken nicht. Dann wäre mir der Lockengott schnurzegal und Robert noch schnurzegaler. Shit! Der schöne Nachmittag verdorben und das aus keinem Grund!

Jetzt sollte eine gute Fee kommen und die Zeit zurückdrehen bis zu dem Punkt, wo wir am Balkon gewesen sind und Sekt Orange getrunken haben. Und Eiskaffee auf Raten.

Harry ist wie Eiskaffee, denke ich plötzlich: Schwarz und weiß, süß und kalt, ein köstlicher Genuss und dann kriegt man doch Halsweh. Blödsinn! Was ich für einen Blödsinn denke!

Robert verabschiedet sich eben von Frau Wachter und auch Papa und Miki sind im Aufbrechen. Papa zeigt auf das Nachtkästchen. »Ich hab deinen Stein mitgebracht.« Ich nicke. »Danke. Ich hab ihn schon gesehen.« Ich nehme den Stein in die Hand.

»Bis morgen, mein Schatz«, sagt Papa.

»Bi moagen, mein Satz«, sagt Miki und da muss ich lachen, doch gleichzeitig bin ich traurig.

Warum geht das so? Warum ist das so? Dass durch eine Winzigkeit alles einen bitteren Beigeschmack erhält. Die gute Fee, die die Zeit nicht zurückdreht. Die Miki nicht so gemacht hat, wie ich ihn hätte haben wollen. Die mich aus der Kindheit fallen ließ. Hör auf, Petra!, sage ich zu mir. Hör endlich auf mit deinem verdammten Selbstmitleid. Denk daran, wie Miki ist. Wie rührend fürsorglich. Wie unterhaltsam. Denk an den Teddybären, den er dir gebracht hat. Denk daran, wie oft er »Peka lib« zu dir sagt. Denk daran, wie viel Wärme du von ihm bekommst.

Robert war nett zu ihm. Er kann gut mit ihm umgehen. Er wird ein super Kindergartenonkel werden. Alle fünfjährigen Mädchen werden sich in ihn verlieben. Und Miki wollte sogar mit ihm »Figa piln«. Das ist ein großer Vertrauensbeweis.

Miki liebt das »Fliegerspiel«. Dabei lege ich mich auf den Rücken und strecke die Beine hoch. Miki legt sich mit dem Bauch auf meine Füße, ich halte ihn an den Händen, drehe die Beine hin und her und er fliegt. Er lacht und seine Heiterkeit überstrahlt den leicht traurigen Ausdruck in seinen Augen. Nur wenn ich die Beine zu wild drehe, ruft er »Peka, Peka!« und dann höre ich auf und setze ihn wieder auf den Boden.
Einmal holte Harry mich von zu Hause ab. Wir wollten ins Kino gehen, aber wir hatten es nicht eilig. Miki war bei mir im Zimmer, Harry sagte hallo, bist du fertig, ich sagte ja gleich, ich bring nur noch Miki zur Mama rüber und Miki sagte: Figa piln und ich sagte o.k., ein letztes Mal. Ich ließ ihn fliegen. Miki lachte laut auf. Ich schaute Harry an, ich erwartete, dass er sich an Mikis Freude freuen würde. Aber Harry sah ungeduldig aus. Oder irritiert. Und da verging meine Freude auch.
Ich brachte Miki zu Mama ins Zimmer. Ich geh mit Harry ins Kino!, sagte ich. Gut, sagte Mama, komm nicht zu spät nach Hause. Ich nickte. Harry wartete im Stehen. Bist du so weit?, fragte er. Ich nickte. Den ganzen Abend war ich nicht so recht bei der Sache. Ich weiß nicht einmal mehr, welchen Film wir gesehen haben.
Aber nach dem Film, das weiß ich, da war wieder alles ganz anders. Da gingen wir spazieren, Harry küsste mich und das war schön. Ich habe ihn damals nicht gefragt, was ihn eigentlich so irritiert hat. Harry kann nicht gut mit Miki umgehen. Er weiß nie, was er zu ihm sagen soll. Er weicht ihm aus. Ich hab das nicht so tragisch genommen, ich hab gedacht, Jungen sind halt so. Die haben kein Gespür dafür. Dass Robert so gut mit Miki umgehen kann, hat mich nun ein wenig irritiert.

Aber gut, es kann nicht jeder ein super Kindergartenonkel sein. Und es ist möglich, dass Harry sich verändert und noch lernt, besser mit Miki umzugehen. Denn einmal – und das hat mir damals sehr wehgetan und ich hab es lange Zeit verdrängt –, also einmal musste ich einen ganzen Sonntag auf Miki aufpassen, weil meine Eltern zu einer Modemesse gefahren waren. An dem Wochenende war gerade so eine Art Jahrmarkt bei uns in der Stadt. Es waren Buden aufgestellt und es gab auch ein Ringelspiel auf dem Hauptplatz, ein Autodrom, Schaukeln und allerhand andere Vergnügungen. Harry und ich hatten uns schon lange ausgemacht, dass wir an dem Sonntagnachmittag den Vergnügungspark besuchen würden. Dass ich auf Miki aufpassen sollte, erfuhr ich erst Sonntag früh, meine Eltern hatten sich spontan entschieden, zu dieser Messe zu fahren, und ich sagte: Fahrt nur, kein Problem. Der Vergnügungspark wird Miki gefallen.

Harry und ich hatten vereinbart, uns gleich dort zu treffen. Aber als Miki und ich dort ankamen, war Harry noch nicht da. Miki war begeistert von dem Rummelplatz. Auko, Auko!, rief er und zeigte auf die Autodrombahn. Willst du fahren?, fragte ich und er nickte heftig. Ich kaufte einen Chip, wir setzten uns in eines der Autos und fuhren los. Ich ließ Miki lenken, was er mit großer Begeisterung tat, und nur wenn es zu gefährlich schien, griff ich ins Lenkrad. Ich achtete darauf, dass wir nicht zu hart auf die anderen Autos prallten. Miki Auko faan, Miki Auko faan kann, sagte Miki immer wieder begeistert. Miki Aukodom.

Plötzlich bemerkte ich Harry am Rand der Bahn stehen. Ich winkte ihm zu, da sah ich wieder den gleichen irri-

tierten Gesichtsausdruck, den ich schon beim »Fliegerspiel« beobachtet hatte.
Wir schlenderten den Rummelplatz entlang. Es gab neben dem Kettenkarussell ein kleines Ringelspiel. Ich setzte Miki auf ein Holzpferd, das Ringelspiel drehte sich, ich winkte Miki bei jeder Runde zu, er winkte zurück. Ich schaute Harry von der Seite an, er winkte nicht.
Dann kaufte ich Miki Zuckerwatte am Stiel. Kukawake, sagte Miki und zupfte und schleckte begeistert.
Schlecht für die Zähne, sagte Harry. Aber gut fürs Herz, dachte ich, aber ich sagte es nicht, weil es mir zu kitschig vorkam.
Plötzlich sah ich zwei Jungen auf uns zukommen. Ich kannte sie nicht. Sie begrüßten Harry mit lautem Hallo. Aber Harry schaute, als hätte er Rollbalken heruntergezogen. Er erwiderte die Begrüßung kaum. Die beiden Freunde wollten ihn in ein Gespräch verwickeln, aber Harry winkte ab. Ich erwartete, dass er mich vorstellen würde. Dass er sagen würde: Das ist meine Freundin Petra. Und das ist ihr Bruder Miki. Aber nichts dergleichen geschah. Harry blickte nervös auf Miki. Als ob er ängstlich darauf bedacht sei, dass Miki nur ja nicht den Mund aufmachen und durch eine unbedachte Äußerung seine wahre Identität preisgeben würde.
Miki hob die Zuckerwatte in die Höhe. Kukawake!, sagte er voller Stolz. Die beiden Jungen sahen ihn befremdet an. Ich merkte, wie Harry sich innerlich wand, wie peinlich ihm die Situation war, wie er ihr nur möglichst schnell entfliehen wollte. Also, ich seh euch morgen im Klub!, sagte er. Die Freunde gingen weiter. Kukawake!, sagte Miki noch einmal und hob den Stiel in die Höhe.

Ja, sagte ich, die schmeckt dir, die Zuckerwatte! Ich fühlte mich, als wäre ich aus einer Zirkuskuppel gefallen, das Sicherheitsnetz wäre gerissen und ich wäre hart auf dem Boden aufgeschlagen. Ich wollte nur mehr heim.
Ich muss gehen!, sagte ich zu Harry.
O.k., sagte er, ich bleib noch.
Ich hatte das Gefühl, er war erleichtert, dass wir gingen. Zu Hause warf ich mich aufs Bett und heulte und heulte. Nachdem ich mich ausgeheult hatte, wusste ich nicht einmal mehr, warum ich am meisten geweint hatte: Weil Harry mich verletzt hatte. Weil er Miki verletzt hatte. Oder weil Miki so war, wie er war.
Danach konnte ich Harry einige Tage nicht sehen. Ich glaubte eine Zeit lang, ich könne ihm diese Kränkung nicht verzeihen. Damals wollte ich das erste und einzige Mal mit ihm Schluss machen. Aber dann rief er an und fragte, was los sei, ich sagte, ach nichts, und er sagte, glaub ich dir nicht, und ich sagte, doch, es ist nichts, und er sagte, wenn nichts ist, warum meldest du dich dann nicht, und ich sagte, ich hatte viel zu tun. Und das war's dann. Ich hab ihm nie erzählt, wie sehr mich sein Verhalten gekränkt hat. Und er war dann eigentlich wieder nett zu mir und die Erinnerung verblasste.
Der Stein in meiner Hand ist nicht mehr kühl.
Ich hab mir dann gedacht, na gut, Harry will lieber mit mir allein sein. Das ist verständlich. Meine Freundinnen nehmen nicht einmal ihre »normalen« kleinen Geschwister mit, wenn sie ihre Freunde treffen. Und mit Miki ist es immer noch um eine Spur mühsamer. Ich bin an Mikis Sprache gewöhnt, ich kann die meisten seiner Gedankengänge nachvollziehen. Und selbst ich verstehe nicht alles. Aber Harry versteht Miki fast gar nicht.

Dass er nur mit mir zusammen sein will, zeigt ja auch, wie sehr er mich mag. Und natürlich will er mich nicht vor Miki küssen. Das heißt, einmal wollte er es sogar und ich war die Abwehrende. Mir war das peinlich vor Miki. Ich wollte ihn nicht ausschließen. Denn wenn zwei sich küssen, ist der Dritte ausgeschlossen, man kann das drehen und wenden, wie man will. Harry sagte: Ach, der kapiert das ja gar nicht! Ich wurde ein Stein. Am schönsten war es mit Harry immer, wenn wir zuerst etwas Sportliches unternahmen, eine Radtour oder ein Tennismatch, und danach in ein Lokal gingen, etwas tranken und uns vor dem Nachhausegehen lange Zeit küssten und küssten. Einmal wollte Harry mit mir schlafen, aber ich wehrte ab, ich sagte, ich bin noch nicht so weit, und Harry hat das respektiert.
Das ist noch nicht lange her. Anfang Juni war es. In der Schule hatten wir die letzten Schularbeiten hinter uns gebracht und das Wochenende war wirklich frei. Ich genoss diesen ersten Anflug von Feriengefühl. Es war außergewöhnlich warm für Mitte Juni und wir fuhren mit dem Rad an einen Badesee. Trotz des schönen Wetters waren noch nicht viele Badegäste dort, wir hatten ein abgeschiedenes Plätzchen unter Bäumen, ganz für uns allein. Nach dem Schwimmen lagen wir nebeneinander auf der Decke, die Sonne schien heiß auf unsere Haut, mein Körper war voller Sehnsucht nach Berührung. Harry umarmte mich, ich spürte sein pralles Glied durch die Badehose, durch die Bikinihose, es war erregend und Harry wollte mir die Bikinihose hinunterstreifen, aber ich sagte, Harry, nein, ich bin noch nicht so weit, und da drängte er nicht weiter. Allerdings war auch die ganze Spannung und Erregung zwischen

uns verpufft, wir lagen nebeneinander, hielten uns an den Händen, aber nach einer Weile ließen wir los. Es war schade um die schöne Stimmung. Ich hatte ein seltsam trauriges Gefühl, als wir heimfuhren.
Immer wieder ähnliche Empfindungen. Ein seltsam trauriges Gefühl. Eine eigenartige Stimmung. Gefühle, gemischt aus Freude, Erregung, Trauer und Enttäuschung. Der Beginn glasklar, das Ende getrübt. Unbehagen im Bauch. Und dann wieder Sehnsucht.
Ein Tag ist erst vergangen. Ein Tag ohne Warten. Ohne Warten auf Harry. Aber es war kein Tag ohne Denken an Harry. Ich lege den blauen Stein unter meinen Polster.
Es klopft. Der Krankenhausseelsorger kommt. Er fragt, wie es uns geht, und nachdem er sich schön brav alles angehört hat, fragt er, ob wir beichten wollen. Frau Wachter sagt, sie habe alle ihre Sünden beim Sturz auf die Nähmaschine abgebüßt, und ich sage, für mich gilt das Gleiche, wenn man »auf die Nähmaschine« durch »vom Baum« ersetzt. Vom Abbüßen der eventuell noch ungetilgten Sünden durch Warten auf Harry erzähle ich ihm gleich gar nichts. Vielleicht hat der Priester ein heimliches Liebesverhältnis, das ihn leiden lässt, wer weiß? Vielleicht würde er das mit Harry sogar verstehen. Aber ich lass es auf keinen Versuch ankommen.
Trotz unserer Ablehnung der Beichte bleibt der Priester ganz nett und freundlich und wünscht uns einen schönen Samstagabend und einen schönen Sonntag und gute Besserung und alles Mögliche und Gott segne uns und gute Nacht, auf Wiedersehen.

7.
Sonntag

Es ist zum ersten Mal bewölkt, seit ich hier bin. Im Lauf des Vormittags geht ein starkes Gewitter nieder, ungewöhnlich ist das, meist kommen die Gewitter erst am Nachmittag. Ich freue mich über die Regenmassen. Ich hoffe, dass sie auf Harry niedergeprasselt sind und dass er durch das stahlblaue Schicki-Micki-Radlerhemd bis auf die Haut nass geworden ist. Schadenfreude ist schön, selbst wenn sie nur auf Vermutungen basiert!
Nach dem Gewitter regnet es gemütlich weiter. Die Abkühlung tut gut, die Balkontür ist weit geöffnet, wir lassen die milde Regenluft herein. Vielleicht ist der ganze Rest von Harrys Campingurlaub verregnet, hi hi ...
Ich schlafe am Vormittag ein bisschen. Ich bin ruhig, ich werde auch heute nicht gespannt auf Harry warten müssen, ich werde ganz locker alles aufnehmen können, was an mich herankommt.
Peter Poldi hat heute Dienst, dabei ist gar nicht Ostersonntag. Haha. Petra, deine Scherze wandern ja schon unter die unterste Schublade! Na ja, ich will nachsichtig mit mir sein.
Zu Mittag gibt es Wiener Schnitzel mit Erbsenreis und grünem Salat. Typisches Sonntagsmenü!
Am Nachmittag kommen mich Sandra und Edwin besuchen. Das sind Freunde von Mama und Papa. Im Sommer treffen wir uns oft im Schwimmbad, dann liegen

wir gemeinsam auf der Wiese. Ihre beiden Buben sind acht und zehn. Sie mögen Miki und spielen mit ihm. Wenn meine Eltern keine Zeit haben und ich mit Miki allein im Schwimmbad bin, ist es leicht für mich, auf ihn aufzupassen, weil die vier mir ein wenig von der Verantwortung abnehmen.

Sandra und Edwin bringen mir eine Schachtel Bonbons (kein Kommentar!), lassen sich meine Leidensgeschichte erzählen, sprechen mir Mut zu und dann gehen sie wieder.

Wenig später kommt Frau Annemarie und erzählt, wie es im Geschäft geht und dass sie viel auf Miki aufpasst und dass das schön für sie ist. Papa und Miki machen heute einen Ruhetag vom Krankenhaus, Papa hat gesagt, er möchte sich einen Tag lang ganz Miki widmen und am Sonntag würde ich sowieso viel Besuch kriegen. Was nicht wahr ist, weil inzwischen alle weg sind. Aber gut.

Frau Annemarie überreicht mir schmunzelnd einen kleinen Notizblock. Weil er mich heute nicht besuchen kommt, hat Papa mir seine gesammelten Telefonnotizen geschickt. Mama hat jeden Tag angerufen und sich nach mir erkundigt und Papa hat alles genau aufgeschrieben. Schön ist das! Es ist, als ob ich Mamas Stimme hören könnte.

Wie ich sie beneide! Sibylle und sie werden einander viel zu erzählen haben, sie werden sich fühlen wie in ihrer Kindheit, die alte Vertrautheit wird wieder aufsteigen. Sie werden braun gebrannt zurückkommen und Mama wird das Leben wieder besser aushalten können. Papa hat sich verändert. Einen ganzen Tag lang Miki widmen, das hätte es früher nicht gegeben! Am Anfang

hat er sich gesträubt, Verantwortung zu übernehmen. Nur – Mama wurde das zu viel und dann flüchtete sie. Irgendwohin. Zu einer Freundin. Oder ins Kaffeehaus. Um ein wenig Abstand zu gewinnen. Es war nicht gut, wie sie da miteinander umgingen.
Ich erinnere mich an einen ganz bestimmten Sonntag vor einigen Jahren. Ich war krank. Ich hatte eine schlimme Mundinfektion mit eitrigen Bläschen und Fieber. Mama und Papa hatten wieder einmal wegen Miki gestritten. Es ging um das alte Thema: dass Mama zu viel machte und Papa zu wenig. Sie war entschlossen, sich das nicht mehr bieten zu lassen. Sie sagte, sie würde sich den Sonntag frei nehmen und er, Papa, solle gefälligst einmal länger als fünf Minuten auf Miki aufpassen. Dann ging sie weg. Ich lag im Bett, ich hatte den ganzen Streit gehört, mir war elend zu Mute. Ich verstand Mama, ich gab ihr Recht, aber ich dachte, sie sollten ihre Angelegenheiten vernünftiger lösen.
Miki war damals drei Jahre alt oder vier, er hatte noch Windeln und musste gewickelt werden. Papa bat mich, ihm dabei zu helfen. Es war nicht einfach, Miki zu wickeln. Er war groß und kräftig, hielt nicht still und machte lauter Unfug, sodass es schon eine ziemliche Prozedur war, bis er neu eingepackt war. Trotzdem war ich stocksauer auf Papa, als er mich um Hilfe bat. Ich wusste, er hatte es nicht einmal alleine versucht. Widerwillig stand ich auf. Mir wurde schwindlig.
Ich wickelte Miki schweigend. Ich sah ihm nicht ins Gesicht. Er hatte offenbar begriffen, dass an diesem Tag nicht mit mir zu spaßen war, er hielt still und ließ alles mit sich geschehen. Papa stand schweigend daneben.
Ich ging wieder ins Bett und wickelte mich fest in die

Decke. Ich hasste sie alle. Miki, weil er da war, Mama, weil sie weg war, und Papa, weil er so war, wie er war. Und weil alles auf meinem Rücken ausgetragen wurde und kein Schwein fragte, wie es mir dabei ging.

Mir hatte es immer gut zu gehen. Ich war so selbstverständlich. Ich war pflegeleicht. Um mich brauchte man sich nicht zu kümmern. Ich machte alles alleine. Keine Troubles in der Schule, immer alles bestens, immer alles auf Sehr gut. Petra, die Musterschülerin. Petra macht das schon. Petra schaut auf sich selbst. Petra braucht keine Betreuung. Petra hat keine Probleme. Petra hat keine Probleme zu haben. Auf Petra braucht man nicht zu schauen. Petra hat immer genug Kraft, um auf andere zu schauen. Um auf Miki zu schauen. Ihn zu verteidigen, notfalls mit Krallen und Zähnen. Ich denke, das war ihnen nie bewusst und ich weiß nicht einmal, ob es mir bewusst war.

Manchmal, da machte Mama ihr Gesicht, es schien dann kleiner zu werden, der Mund war verkniffen, das Gesicht grau, die Wangen waren eingefallen, und ich wusste, sie dachte es wieder: Wenn du nicht so begabt wärst und Miki nicht behindert, wenn ich euch zwei zusammenmischen und in der Mitte teilen könnte, wenn die Eigenschaften nicht so ungleich zwischen euch beiden verteilt wären, dann hätte ich zwei ganz normale Kinder. Das war nicht als Vorwurf gemeint. Es war der Wunsch, sich das Leben nach den eigenen Vorstellungen und Bedürfnissen zurechtzurücken, eine Was-wäre-wenn-Philosophie, eine gedankliche Korrektur der Wirklichkeit, die ich verstehen konnte. Manchmal sagte Mama: Wenn Miki nicht behindert wäre, wäre er noch gescheiter als du, hat der Arzt gesagt. Und ich

wusste, das war ein Trost für sie, und es tat trotzdem weh. Später kam dann wieder das schlechte Gewissen. Ich sagte mir: Petra, sei nicht dumm, du weißt doch, wie sie leidet, also lass ihr das bisschen »Möglichkeitssinn«. Und dann wieder dachte ich: Ich kann nichts dafür, dass Miki so ist, wie er ist. Und ich kann auch nichts dafür, dass ich so bin, wie ich bin. Warum lässt sie uns nicht einfach so sein, wie wir sind? Warum sollten wir immer anders sein? Ich ein bisschen weniger von etwas, Miki ein bisschen mehr von etwas. Aber ich habe doch selbst oft gedacht: Warum hat keine gute Fee die Zeit zurückgedreht? Warum ist Miki nicht wie andere Kinder? Warum? Warum? Warum? Also – warum werfe ich ihr dann vor, dass sie so denkt? Sie ist seine Mutter. Sie trägt die Last. Es ist verständlich, dass sie so denkt, und ich dürfte nicht egoistisch sein.
Andererseits habe ich oft die Schnauze voll davon, dass ich nicht egoistisch sein darf. Ich muss immer berücksichtigen, was die anderen tun, was für die anderen gut ist, aber an das, was mich kränkt oder stört oder was für mich gut ist, soll ich nicht denken. Manchmal habe ich Lust, so richtig und durch und durch egoistisch zu sein, aber wenn ich dann einmal eine Portion Egoismus nehme, geht Seite an Seite damit das schlechte Gewissen und dann habe ich nichts davon.
Manchmal sinke ich tief hinunter und sehe die Zukunft in grauschwarzen Tönen mit wenig bunter Farbe darin. Dann brauche ich viel Kraft, um mich aus der dunklen Tiefe emporzuziehen.
Es regnet noch immer. Hoffentlich kriege ich keine Sonntagsdepression.
Am Abend, als alle gegangen sind, kommt Peter Poldi,

hilft uns bei der Abendtoilette, inzwischen ist mir der Schüsselgang nicht einmal mehr vor ihm peinlich, ich bin ein lernfähiges Wesen, und dann fragt Peter Poldi, ob wir zur Abwechslung ein bisschen fernsehen wollen. Fernsehen, das klingt, als käme das Wort aus einer anderen Welt. Und da merke ich erst, wie sehr ich der »normalen« Welt schon entrückt bin. Frau Wachter sieht mich an. »Na ja«, sagt sie, »aber wie soll das mit Petra gehen?«

»Ich werde sie mitsamt dem Bett in den großen Aufenthaltsraum schieben«, sagt Peter Poldi. »Das hätten wir schon längst einmal machen können«, fügt er noch hinzu.

Ja, hätten wir, dachte ich. Aber eigentlich habe ich bis jetzt kein Bedürfnis danach gehabt. Es war schon gut so, wie es war. Die Abgeschiedenheit ist gut für den Heilungsprozess. Ist Meditation.

Peter Poldi begleitet zuerst Frau Wachter in den Aufenthaltsraum und schiebt dann mich hinaus. Seltsam, nach einer Woche »Entzug« wieder einmal in die Flimmerkiste zu schauen. Es ist ein Fernsehapparat mit einem extragroßen Bildschirm, man sieht von überall in der Halle sehr gut. Die Werbung läuft und dann beginnen die Nachrichten. Ich muss mich konzentrieren, die Dinge mitzukriegen, ich hab den Anschluss verpasst, die Kommentare sind meist so abgefasst, dass man jeden Tag schauen müsste, um die Zusammenhänge zu verstehen. Krieg und Bombardements. Jeder Tag entsetzlicher als der vorige. Und danach folgende Meldung: Ein russischer Abgeordneter fordert die Wiedereinführung der Strafgefangenenlager, des Gulags. Wörtlich sagt er: »Die Häftlinge sollen dort so behandelt werden, dass sie die

Todesstrafe herbeisehnen und als Gnade empfinden.«
Und da wird mir plötzlich speiübel und ich winke Peter Poldi herbei und sage ihm, er solle mich augenblicklich wieder ins Zimmer bringen. Peter Poldi fühlt sich schuldig, aber ich sage, er kann nichts dafür, dass in der Welt ein so grausamer Zynismus herrscht.
»Kann ich Sie jetzt ohne schlechtes Gewissen allein lassen?«, fragt Peter Poldi. Ich nicke und er geht, ein trauriger Osterhase.
O Gott, ist das zu fassen? Wenn ich etwas auf dieser Welt nicht verstehe, dann die Tatsache, dass Menschen einander absichtlich quälen. Kriege, Bombardierungen, Folter, das ist mir unbegreiflich. Dass man jemanden im Affekt angreift, kann ich noch verstehen. Aber dieser rationale, organisierte, zynische Vernichtungsplan, der ist unfassbar.
Wenn ich Bilder von Massenvertreibungen sehe, ethnische Säuberungen, wie sie so zynisch genannt werden, und niemand will dafür Verantwortung übernehmen, werde ich zornig und traurig. Und wenn ich dann an Miki denke, kommt mir sein Schicksal noch gnädig vor, weil er trotz seiner Behinderung ein menschenwürdiges Leben führen kann.
Manchmal habe ich große Zukunftsangst und denke mir: Was wird dieses gottverdammte neue Jahrtausend alles bringen? Noch mehr Realitätsverlust, noch mehr Grausamkeit, noch mehr Zerstörung, noch mehr Vereinsamung? Meine Eltern sagen manchmal, dass sie sich glücklich schätzen können, weil sie keinen Krieg miterleben mussten. Werde ich das auch sagen können, wenn ich fünfzig bin? Werde ich überhaupt noch etwas sagen können? Oder wird die Welt in einer atomaren

Vernichtungswelle untergegangen sein? Was wird noch alles auf uns zukommen? Licht- und Lärmüberflutung? Totale Luftverpestung? Wie werden die großen Probleme der Menschen gelöst werden? Hunger, Armut, Obdachlosigkeit, Arbeitslosigkeit, Zerstörung der Natur. Können sie überhaupt gelöst werden? Und was wird mit der Gen-Manipulation alles auf uns zukommen? Werden sich die Heere der Zukunft aus geklonten Kampfmaschinen rekrutieren?
Manchmal denke ich, es wird alles in einer apokalyptischen Katastrophe enden. Und manchmal bin ich so optimistisch zu glauben, dass die Menschheit sich vor der totalen Katastrophe noch rechtzeitig besinnen wird.
Ich bin ja schon wie Schwester Manuela.
Flammende Verdammungsreden im Kopf.
Und der Sonntagsdepression bin ich nicht entkommen. Alle Tränen für heute geweint. Ich glaube, ich habe meine Augen nur mehr zum Weinen.
Schwester Beatrix steht auf einmal neben meinem Bett und schaut mich besorgt an. Vielleicht hat Peter Poldi sie geschickt.
»Für mich ist Krieg die schlechteste aller Lösungen«, sage ich. Sie nickt stumm.

8.
Montag

Ich werde abgeholt und von Schwester Manuela zum Röntgen gebracht. Resolut schiebt sie mein Bett den Gang entlang, in den Lift, wir fahren ins Erdgeschoss. Auf dem Korridor vor dem Röntgenzimmer legt sie mir die Tafel mit dem Krankenblatt auf meinen Bauch und geht. Ohne ein Wort zu sagen. Normalerweise hält sie flammende Verdammungsreden, aber vielleicht macht sie das nur innerhalb des Krankenzimmers. Etwas Persönliches hat sie eigentlich die ganze Zeit über noch nicht gesagt. Ein schales Gefühl steigt in mir auf. Ich fühle mich abgeschoben. Im wahrsten Sinn des Wortes. Sie hätte irgendetwas sagen können, diese derbe Kuh, ein Wort, einen Gruß, eine Aufmunterung. Aber nichts! Ich schaue mich um. Das muss derselbe Korridor sein, in den sie mich gleich nach dem Unfall gebracht haben. Nicht schmal, aber auch nicht wirklich breit, ohne Fenster, alles in kaltem Neonlicht, das die grauweißen Wände und den stahlblauen Schutzanstrich noch fahler erscheinen lässt, als sie sind.

Auf dem Korridor sitzen: Ein Gipsbein, ein Daumenbruch, ein Kopfverband, eine Verbrennung, eine Armschiene und einige, bei denen die Verletzung nicht offensichtlich ist. Es sind nicht nur Krankenhauspatienten da, sondern auch solche, die ambulant behandelt werden. Die tragen Straßenkleidung.

Ich fühle mich hundsmiserabel. Warum hat mich das so gekränkt, dass Schwester Manuela nichts zu mir gesagt hat? Da fällt mir ein: Harry hat mich einmal so stehen lassen. Wir hatten gestritten, ich weiß gar nicht mehr, weshalb – was heißt gestritten, für mich war es eine Meinungsverschiedenheit. Ich wollte ihm meinen Standpunkt erklären, aber er drehte sich um und ging weg. Ich lief ihm nach, ich rief: Harry, geh nicht weg. Aber da war er schon fort und ich stand da wie ein kleines dummes Kind. Als ich bei unserem nächsten Treffen davon reden wollte, sagte er: Ach, das ist doch Schnee von gestern. Reden wir nicht mehr darüber! Und da kriegte ich wieder dieses flaue Gefühl im Magen.

Auch Mama hat mich so stehen lassen. Aber da war ich wirklich noch ein Kind. Ein zorniges, sagt Mama. Zorn ist eine der Emotionen, die sie absolut nicht leiden kann. Warum ich eigentlich so zornig war, habe ich nie aus ihr herausgekriegt. Aus irgendeinem Grund war ich zornig, weinte und tobte und sie ließ mich stehen und ging davon. Da fing ich erst recht zu brennen an.

Ich habe mir dann gedacht: Wenn ich einmal Kinder habe, werde ich nicht wegrennen, wenn sie zornig sind. Zornige Kinder darf man nicht stehen lassen! Ich werde bei ihnen bleiben, sie umarmen und ihren Zorn kühlen. Ich glaube, Umarmungen sind temperaturausgleichend. Sie wärmen, wenn einem kalt ist, und sie kühlen, wenn man überhitzt ist. Umarmungen sind eine Erste-Hilfe-Maßnahme für fast alle Krankheiten und ein Heilmittel für viele.

Wenn jemand dich stehen lässt wie ein dummes kleines Kind, bist du machtlos. Genau darum geht es: um Macht und Ohnmacht. Der davongeht und den anderen stehen

lässt, hat die Macht. Der andere hat den Zorn, die Ohnmacht und die Sprachlosigkeit.
Einmal habe ich Miki stehen lassen. Er nervte mich an diesem Tag ganz besonders, ich verstand ihn nicht, er wurde zornig, ich schrie ihn an. Da nahm er einen Holzbaustein und warf ihn mir an den Kopf. »Peka böd!«, schrie er.
»Du bist selber blöd!«, schrie ich und ging davon. Alle Fragen schossen mir durch den Kopf, die ich mir im Lauf der Jahre immer wieder gestellt hatte: Warum er? Warum ich? Warum muss alles so kompliziert sein? Warum kann ich keinen »normalen« Bruder haben? Warum? Warum? Warum? Ich kann das nicht mehr ertragen, die immer währenden Versuche, seine Sprache zu verstehen. Ich gehe jetzt, ich kann seine Nähe nicht mehr ertragen! Ich kann dich nicht mehr ertragen, Miki!
Aber ich drehte mich nach ihm um und er stand da, mit hängendem Kopf, und weinte lautlos. Da tat er mir so Leid und ich lief zu ihm, beugte mich hinunter, umarmte ihn und wir schluchzten beide.
»Peka böse?«, fragte er.
»Nein, Miki«, sagte ich, »ich bin nicht mehr böse.«
In dem Moment schwor ich mir, ich würde ihn nie mehr so stehen lassen. Ich wollte nie mehr der Grund sein, dass er so armselig dastand, mit hängendem Kopf.
Am Ende zählt nur das, was man gegeben hat. Dieser Spruch hängt neben dem Eingang zur Krankenhauskapelle. Miki – wie wird meine Bilanz am Ende aussehen? Nicht mit dir und nicht ohne dich, nicht hingehen, nicht weggehen. Erstarren. Das kann es auch nicht sein. Das ist nicht Geben. Aber das ist so oft mein Gefühl. Ich kann nicht hingehen, ich kann nicht weggehen, ich

möchte frei sein, möchte mich häuten und Miki abstreifen und im selben Augenblick habe ich ein schlechtes Gewissen.
Miki war noch ganz klein, ivielleicht gerade ein Jahr alt, es ist lange her, da musste er eine Injektionskur durchmachen. Eigentlich weiß ich gar nichts mehr, nicht, warum er diese Kur durchmachen musste, nicht, wie lang sie dauerte, ein paar Tage, eine Woche, länger? Mir kam es vor wie eine Ewigkeit.
Der Arzt kam immer gegen Abend ins Haus. Miki sollte schon müde sein, wenn er die tägliche Spritze kriegte. Kurz vor dem Schlafengehen sollte es sein, damit er nicht viel mitkriegte und gleich in den Schlaf hinüberglitt. Aber das war ganz verkehrt, denn er regte sich so furchtbar auf, dass er dann erst recht nicht einschlafen konnte. Jetzt, im Nachhinein, werde ich den Verdacht nicht los, dass das alles eine unnötige Quälerei war.
Der Arzt kam, ging in Mikis Zimmer, schon bei seinem Anblick fing Miki an zu schreien. Mama war bei ihm, Papa flüchtete, ich denke, weil er das nicht ertragen konnte; tat ihm Miki Leid oder war es Selbstmitleid, was weiß ich? Mich ließen sie nicht hinein. Aber das befreite mich keineswegs von meinem Mitleiden, im Gegenteil, es wurde alles nur noch schlimmer. Ich saß im Nebenzimmer, hörte Miki schreien, konnte ihm aber nicht helfen. Doch ich hatte das Gefühl, dass ich mich schuldig machte, wenn ich wegginge.
Ich musste ausharren, ich konnte nicht einfach flüchten, wenn er so etwas Schlimmes erleiden musste.
Versteinern und erlösen. Das alte Zauberspiel aus Kindheitstagen. Erst die Schritte des Arztes aus dem Zimmer, erst das Verstummen von Mikis Weinen erlösten mich.

Wenn man sprachlos wird, merkt man das nicht gleich. Das heißt, du weißt genau, wann der Schnitt passiert ist, es ist ein schneller und tiefer Schnitt, der dich von deinem bisherigen Leben trennt und dich auf einen schwarzen Grund fallen lässt. Dort schlägst du auf und dann verweilst du in der Dunkelheit. Und sprichst nicht mehr. Aber alles, was danach geschieht, bringst du nicht mehr mit dem Schnitt in Zusammenhang. Allmählich gewöhnst du dich an die Dunkelheit, an die Sprachlosigkeit und richtest dich darin ein. Suchst nach anderen Ausdrucksformen. Beginnst zu schreiben. Erst viel später merkst du, in welch isoliertem Zustand du gelebt hast. Vielleicht dann, wenn deine Lehrer sich zu wundern beginnen, warum du ein Erlebnis nicht erzählen kannst, ohne andauernd ins Stocken zu geraten, wogegen du brillante Aufsätze schreibst.

»Erzähl!«, sagten die Lehrer und das war ein schrecklicher Befehl für mich. Sie wussten nicht, was sie mir mit diesem »Erzähl!« antaten. Ich konnte nicht erzählen. Ich konnte nur mehr schreiben. Niemand wusste, dass das alles mit Miki zusammenhing. Nicht einmal ich selbst.

Der Knöchel wird geröntgt, danach werde ich wieder auf den Gang geschoben. Nach einer Weile schiebt man mich ins Untersuchungszimmer. Dort wird mir Blut abgenommen. Ein gutes Tier ist der Vampir. Die Blutprobe wird sofort untersucht. Das Blutbild ist o.k., sagt die Schwester. Gut. Da so viel von Blut die Rede ist, fällt mir ein, dass ich irgendwann demnächst die Regel kriegen werde. Also, bitte, nicht auch noch die Regel! Das Schüsselgehen ist so schon schlimm genug. Ich rechne. Nein, nein, die letzte war erst knapp vor Schulschluss, das geht sich aus, die nächste Regel krieg ich erst, wenn

ich aus dem Krankenhaus entlassen bin. Wenigstens das bleibt mir erspart!
Der Oberarzt schaut sich die Röntgenbilder an. Er sagt, es sei alles in bester Ordnung, die Kallusbildung sei gut, der Heilungsprozess gehe wie gewünscht voran, ein Bilderbuchbruch, er, der Oberarzt, sei sehr zufrieden und ich könne es auch sein. Ich sage, ich wäre zufriedener, wenn ich mir den Knöchel gar nicht gebrochen hätte. Der Oberarzt schaut mich an, als sei ich ein ungezogenes Kind und hätte etwas sehr Ungebührliches gesagt.
Ich werde wieder hinausgeschoben. Irgendwann kommt Schwester Manuela und holt mich ab. »Alles in Ordnung?«, fragt sie. Ich nicke.
O Wunder, sie hat gesprochen!
Als ich wieder auf meinem gewohnten Platz im Zimmer bin, bin ich erschöpft. Ich schließe die Augen. Frau Wachter fragt, was die Untersuchung ergeben hat. Ich sage, alles in Ordnung. Was soll ich sagen? Dass ich mich miserabel fühle! Dass die Welt ungerecht ist und die Menschen schlecht sind! Dass mir alles shitegal ist! Mutter grillt ihre Haut in Griechenland, Eva in Tunesien, Harry vergnügt sich mit Freunden am See, sind vielleicht auch Freundinnen dabei?, alle haben mich verlassen, kein Schwein kümmert sich um mich. Aber soll ich das Frau Wachter erzählen? Wozu?
Zwei junge Hilfsschwestern kommen herein und fragen, ob wir etwas brauchen. Frau Wachter sagt, sie mögen sie in ihrem Bett hochziehen. Sie habe das Gefühl, dass sie zu weit unten liege.
Die zwei packen Frau Wachter links und rechts unter der Achsel und ziehen sie mit einem Ruck hoch. Ich glaube, sie wissen gar nicht, dass Frau Wachter gebro-

chene Rippen hat. Frau Wachter stöhnt vor Schmerz. Ich kriege eine Mordswut im Bauch.
»He«, sage ich, »passen Sie doch auf! Frau Wachter hat gebrochene Rippen!«
Die beiden Blaukittelchen schauen mich blauäugig an.
»Aber das haben wir ja nicht gewusst.«
»Können Sie lesen?«, frage ich und deute auf das Krankenblatt.
Zugegeben, der Ton war nicht sehr fein. Aber es ist ja wahr: Die könnten sich wirklich das Krankenblatt anschauen, bevor sie zupacken. Das ist schließlich ein Krankenhaus und kein Fitness-Center.
Die Blaukittelchen schleichen hinaus.
Mein altes »Tigerverhalten«. (Mama hat es so bezeichnet.) Wenn jemand Miki angreift, sei es, dass er ihn dumm ansieht oder auslacht oder eine abfällige Bemerkung über ihn macht, springe ich ihn an wie ein Tiger. Einmal hat eine Passantin Miki umgestoßen, als er mit seinem kleinen Fahrrad auf dem Gehsteig fuhr, sie hastete vorbei ohne zu bemerken, dass er gestürzt war, aber ich lief ihr wutentbrannt nach und ließ das gesamte Schimpfwörter-ABC auf sie niederprasseln.
»Danke, dass Sie sich so für mich einsetzen!«, sagt Frau Wachter. »Ich hätte wahrscheinlich nichts gesagt.«
Ich nicke zufrieden vor mich hin. »Sie dürfen sich nicht alles gefallen lassen!«, sage ich. Und dann denke ich: Ich rede groß. Dabei lasse ich mir selbst alles gefallen!
Und in dem Moment weiß ich, dass die Kapsel aufgebrochen ist, und der Schmerz über Harrys Lieblosigkeit überflutet mich und dringt in jede Zelle meines Körpers. Ich muss schlafen, sonst halte ich das Leben nicht mehr aus.

9.
Dienstag

Ich sitze mit Harry vor dem Zelt, einem kleinen Zweimannzelt, rot, mit blauem Vordach. Harry hat ein Lagerfeuer angefacht, das flackert ruhig, wir sitzen da und schauen ins Feuer. Er hat den Arm um meine Schulter gelegt, wir sind uns ganz nah, wir sprechen nichts, aber unser Schweigen ist Vertrautheit. Ich bin glücklich, neben Harry zu sitzen, er küsst mich, es ist so schön wie am ersten Abend im Stadtpark. Ich schaue an meinem Bein herunter und bemerke, dass ich ein Gipsbein habe, und da erinnere ich mich an einen Sturz und frage Harry, warum er mich nicht besucht hat. Er schaut mich verwundert an und sagt: Ich bin doch bei dir. Ich bin verwirrt und denke mir, warum habe ich dieses blöde Gipsbein bemerken müssen, wir sind doch vorhin so friedlich nebeneinander gesessen und alles war schön.
Da wache ich auf.
Komischer Traum. Ich werde den zweiten Teil vergessen, das Gipsbein habe ich sowieso in der Realität.
Ich weiche der Wirklichkeit aus. Seit ich die Nachrichten im Fernsehen gesehen habe, habe ich noch weniger Lust, wieder in die normale Welt einzutauchen. Das Abdriften ist angenehm.
Die Zeit vergeht immer schneller. Am Anfang habe ich jede Stunde gezählt und nun verschwimmen die Tage.
Ob Harry an mich denkt? Und wenn er denkt, wie denkt

er an mich? Das habe ich mich in den letzten Tagen oft gefragt und ich weiß keine Antwort darauf. Ist das nicht eigenartig? Seit fast einem Jahr bin ich mit ihm zusammen und weiß so wenig von ihm.

Ich habe einmal eine junge Frau getroffen. Ich saß allein im Kaffeehaus, trank eine Melange und schrieb in mein Tagebuch. Ich tu das manchmal. Ich schreibe gern im Kaffeehaus. Ich saß also da und schrieb in mein Tagebuch und da saß diese fremde junge Frau am Nebentisch und fragte, ob ich mich zu ihr setzen würde. Ich dachte, warum nicht, ich will einmal Autorin werden, ich sammle Menschen, Figuren, vielleicht werde ich einmal einen Roman schreiben, das ist jedenfalls eine interessante Begegnung. Und so klappte ich mein Tagebuch zu, nahm meine Kaffeetasse und setzte mich zu der Frau am Nebentisch. Wir hatten ein unglaubliches Gespräch. Als hätten wir uns schon ewig gekannt und wären die besten Freundinnen. Sie erzählte mir, sie sei allein hier auf Urlaub, sie wohne im Hotel Sommer hinter dem Stadtpark, sie habe zurzeit große Probleme in ihrer Ehe, sie sei alleine hier, um ein bisschen Abstand von allem zu gewinnen. Sie sagte mir, dass ihre Erwartungen in der Ehe absolut nicht erfüllt worden waren. Was sie sich denn erwartet habe?, fragte ich sie.

Und sie antwortete: Freude, Vertrauen, Spaß, gute Gespräche, Achtung, Unterstützung, Zärtlichkeit, Gleichberechtigung.

Und ich dachte: Das alles kann ich genauso unterschreiben. Das möchte ich auch in einer Partnerschaft.

Die Vertrautheit zwischen uns war innerhalb von Minuten wie selbstverständlich entstanden. Ich erzählte von mir, von den Eltern, sogar von Miki. Die fremde Frau

verstand alles. Sie hatte ein weiches Gesicht und die Augen eines Clowns. Schelmisch an der Oberfläche und der Grund voller Traurigkeit. Ich habe sie danach nie mehr gesehen. Und nie mehr einen Menschen getroffen, mit dem ich so schnell zu den wesentlichen Dingen des Lebens vorgestoßen bin.
»Nein!« Ich habe plötzlich laut Nein gesagt.
Frau Wachter schaut mich fragend an. Ich murmle: »Es ist nichts«, und sie nickt und dreht sich wieder um.

Harry. Keine Vertrautheit. Eher Sportsgeist. Kumpelhaftigkeit. Aber Verliebtheit. Sehnsucht. Erotik. Berührung. Sinnlichkeit. Küsse. Leidenschaft. Leidenschaft? Oder eher Leiden? Warten. Hingespanntsein. Was hat Harry mir anvertraut? Nichts, wenn ich ehrlich zu mir selber bin, und das will ich jetzt endlich sein. Wir sind an der Oberfläche entlanggegangen, die ganze Zeit. Wir sind nicht in die Tiefe gedrungen. Harry hat mir nichts Wichtiges anvertraut. Nur die ganz normalen Sachen. Wie alt er ist, welche Noten er in der Schule hat, wie sich seine Familie zusammensetzt, aber nicht, wie sie sich auseinander setzt und vor allem welche Sportarten er bevorzugt und gegen wen er wann und wo in wie vielen Sätzen welches Tennismatch gewonnen hat. Und wenn ich ihn frage, was er denkt, sagt er, ich solle keine Verhöre anstellen. Verhör. Seltsam. Ich habe mir dann abgewöhnt, solche Fragen zu stellen. Ich fand das plötzlich ganz normal, mich nur an der Oberfläche zu bewegen. Ich dachte manchmal wirklich, ich sei ein bisschen seltsam, weil ich alles über ihn wissen wollte. Ich fand es ganz in Ordnung, dass er mir nichts preisgab. Ich habe mich so an seine Normen gewöhnt, dass es mich jetzt,

im Nachhinein, erschreckt, wie sehr ich mich selbst verleugnet habe. Ich darf mich nie mehr verlassen, habe ich einmal in mein Tagebuch geschrieben. Ich wollte etwas ganz anderes schreiben, aber ich habe geschrieben: Ich darf mich nie mehr verlassen. Und als ich es las, damals, konnte ich es nicht verstehen. Noch nicht.
Ich habe mich schon oft verliebt. Aber es war nie so wie mit Harry. Nie so intensiv. Es waren unbedeutende Schwärmereien, die ich im Moment wichtig nahm, die aber meist auf keine Erwiderung stießen, sodass das zarte Liebespflänzchen recht bald wieder einging. Bei Harry war es anders. Seit dem Augenblick, als er mich mit dem Regenschirm nach Hause begleitet hatte, war mein ganzes Denken von ihm erfüllt.
Wenn ich in der Früh aufwachte, war mein erster Gedanke Harry. Auf dem Weg zur Schule dachte ich Harry. Wenn ich zu Hause war und nicht durch Schulaufgaben abgelenkt wurde, dachte ich Harry. Ich hoffte, er würde anrufen oder einfach vorbeikommen. Wenn er anrief, war ich selig. Wenn er nicht anrief, war ich zerstört. Bis ich es nicht mehr aushielt und selbst anrief. Wenn er sich meldete, war ich zwei Schritte vom Kraterrand der Zerstörung zurückgetreten. Manchmal denke ich, ich habe ihn viel öfter angerufen als er mich. Aber ich weiß andererseits, dass die subjektive Wahrnehmung einen oft täuscht. Und ich habe nicht darüber Buch geführt, wer wen wann und wie oft angerufen hat. Wie konnte er nur so grausam zu mir sein? Denn es war grausam, was er gemacht hat, ich kann das drehen und wenden, wie ich will. Es war grausam, mich nur so kurz zu besuchen, zwischen Tür und Angel, knapp vor dem Tennismatch, und dann nicht wieder zu kommen. Es

war grausam, mir nicht einmal zu sagen, dass er wegfährt, und sich nicht von mir zu verabschieden.
Harry liebt mich nicht. Dieser Satz fährt mir plötzlich wie ein Messerstich ins Herz. Ich habe meine Grenzen weit gesteckt und er hat sie überschritten. Ich habe sie erweitert und und er hat sie wieder überschritten. Aber wie weit kann man gehen? Wie viele Linien dürfen noch missachtet werden? Was muss noch alles passieren? Wie oft habe ich schon gedacht: Bis hierher und nicht weiter! Und dann ist es doch immer wieder noch weiter gegangen. Wie weit kann jemand bei mir gehen? Wie viele Beweise seiner Lieblosigkeit brauche ich? Wie viele kann ich ertragen? Und warum sollte ich sie ertragen? Hab ich nicht oft und oft gedacht, dass er meine Sprache nicht versteht? Die Petra-Sprache, hat er die jemals verstanden? Aber was ist die Petra-Sprache? Was macht meine Art der Sprache besonders? Habe ich überhaupt eine besondere Sprache? Ganz am Anfang habe ich versucht über meine Gefühle zu sprechen. Auch über meine negativen. Wenn mich etwas an ihm störte, sagte ich es ihm. Besser gesagt, ich versuchte es. Aber ich kam nicht weit. Beim ersten Satz einer Kritik war Harry beleidigt. Beim zweiten Satz drehte er sich um und ließ mich stehen. Oder er tat meine Worte als belanglos ab. Oder machte sich lustig über mich. Oder er machte mich herunter und ich kam mir hässlich, klein und dumm vor. Später habe ich nichts mehr zu erklären versucht. Ich habe mir meine Sprache abgewöhnt und die Harry-Sprache angenommen.
Ich darf mich nie mehr verlassen.
Schwester Tamara kündigt die Abendvisite an. Eine Dramaturgie jagt die andere.

10.
Mittwoch

Schwester Marions Augen strahlen heute Morgen ebenso wie die Sonne, die so tut, als hätte sie bloß ein wenig Urlaub genommen.
»Wie geht's dir?«, fragt Marion. Ich zucke die Achseln. Ich kann nicht aufhören an Harry zu denken, ich sehne mich nach ihm, trotz allem. Hat er mich deshalb nicht besucht, weil ich damals nicht mit ihm schlafen wollte? War das seine Rache?
Hatte er vor mir andere Freundinnen? Ich habe ihn einige Male danach gefragt, aber er winkte immer ab und sagte, das sei nicht so wichtig, er wolle im Hier und Jetzt leben, ich solle keine Fragen stellen wie bei einem Verhör. Wieder das Wort Verhör. Immer wieder das Wort Verhör. Sind meine Fragen wirklich so schlimm, frage ich mich jetzt. Ich wollte alles über Harry wissen, ich wollte, dass er sich öffnet und mich an seinem ganzen Leben teilhaben lässt, und dazu gehört auch seine Vergangenheit. Aber das wollte er nicht. Das will er nicht. Im Hier und Jetzt, sagt er. Die Abgedroschenheit dieses Satzes hat mich peinlich berührt, aber ich verdrängte diese Peinlichkeit. Ich wollte nicht wahrhaben, dass Harry abgedroschene Phrasen benützt. Ich wollte, dass er originelle Wendungen benützt. Ich habe mir Harry so zurechtgelegt, wie ich ihn haben will. Alles, was ich nicht haben will, habe ich irgendwo in mein hinterstes

Gehirn-Hinterstübchen geschoben. Auf Nimmerwiederdenken! Aber die Sachen bleiben nicht im Hinterstübchen, ganz offensichtlich nicht. Die kriechen irgendwann daraus hervor, irgendein Satz, irgendeine Bemerkung, ein Geruch, eine Melodie, egal was, öffnet die Tür zu dem versteckten Hinterstübchen und schwupsdiwups purzeln alle eingesperrten Gedanken wieder heraus. Sicher hat Harry vor mir schon eine andere Freundin gehabt. Was heißt eine? Wahrscheinlich schon mehrere. Vielleicht bin ich ihm vorgekommen wie eine kleine dumme Gans, als ich nicht mit ihm schlafen wollte. Vielleicht war das bei den anderen, die er vor mir gehabt hat, überhaupt keine Frage. Wie viele waren es? Warum hat er mir nichts darüber erzählt? Weil es ihm zu peinlich war? Weil die Liste der Namen zu lang gewesen wäre?
Morgen ist ein neuer Tag. Das hat meine Großmutter immer gesagt. Morgen ist ein neuer Tag. Ich kann mich noch gut erinnern. Sie saß im Lehnsessel in ihrem altmodischen Wohnzimmer mit den Blumentapeten, und wenn ich ihr meinen kindlichen Kummer erzählte, sagte sie: Morgen ist ein neuer Tag. Das klang wie eine große Verheißung. Das klang, als könnte der Anbruch eines neuen Morgens tatsächlich alle Sorgen vertreiben. Oft hatte sie ja Recht, meine Großmutter. Oft waren die Sorgen über Nacht verschwunden. Nur als Miki geboren wurde, da verstummte auch meine Großmutter, denn sie wusste, dass ein neuer Tag an der Situation nichts ändern würde. Ich dachte bis jetzt immer, dass ich allein von dieser großen Sprachlosigkeit erfasst worden war. Aber wenn ich jetzt so zurückdenke, merke ich, dass sie uns alle gepackt hatte.

Damals habe ich zu schreiben begonnen. Märchen schrieb ich. Kleine Geschichten. An eine erinnere ich mich noch: Es war die Geschichte von drei Kerzen, die in einem Geschäft standen, zusammen in einer Auslage. Eines Tages kam ein Mann und kaufte zwei davon. Die dritte Kerze blieb allein zurück und war sehr traurig. Auch die beiden anderen waren traurig, aber immerhin waren sie doch zu zweit und sie lebten in einer neuen Umgebung und hatten somit auch ein wenig Abwechslung. Durch irgendeine glückliche Fügung landete auch die dritte Kerze in der Wohnung des Mannes. Eine aufmerksame Freundin hatte die Kerzen gesehen und zufällig die gleiche in der Auslage des Geschäftes entdeckt. Unnötig zu sagen, wie groß die Wiedersehensfreude der drei Kerzen war, besonders die der dritten. Über ihren möglichen Flammentod habe ich nichts geschrieben. Die Kerzengeschichte hatte ein Happyend. Alle meine Geschichten hatten ein Happyend. In meinen Geschichten gab es immer eine gute Fee.
Und wie wird meine eigene Geschichte enden? Na komm schon, Petra, denk nicht so melodramatisch! Wie sonst?, fragt Petra Petra. Und Petra sagt zu Petra: Ich weiß es nicht. Schlaf lieber. Aber wie kann ich schlafen, wenn es draußen so hell ist? Und warum soll ich schlafen? Ich bin endlich wach geworden.
Schluss! Schluss mit den trüben Gedanken! Das sind dumme Hirngespinste. Harry hat ein paar Tage mit Freunden verbracht. Das ist alles! Wir haben den Rest der Ferien vor uns und der ist lang. Wir können viele schöne Sachen machen. Ich hab mir nur das Bein gebrochen, nicht den Mund.
»Du kommst mir in den letzten Tagen so traurig vor«,

sagt da Frau Wachter. »Was ist los? Hast du Liebeskummer?«
Ins Schwarze getroffen, Frau Wachter!
»Willst du darüber reden?« Sie hat auf einmal du gesagt, merke ich.
»Ich glaube nicht«, sage ich. »Jetzt nicht.« Ich hab in den letzten Tagen schon zu viel darüber nachgedacht. »Ich will lieber über Sie reden, Frau Wachter.«
»Ach, da gibt's nicht viel zu sagen.«
»Das glaube ich nicht.«
»Was willst du wissen?«
»Ich möchte wissen ...« Ich zögere, ich bin mir nicht sicher, ob ich das fragen kann, ich fürchte fast, ich steche in ein Wespennest, aber dann frage ich doch: »Haben Sie Kinder, Frau Wachter? Denn wenn Sie einen Enkel haben, dann müssen Sie doch auch Kinder haben oder zumindest eines. Aber außer Robert war Sie niemand besuchen.«
Frau Wachter schweigt. Ich glaube, es war falsch, dass ich gefragt habe. Dann sagt sie leise: »Meine Tochter, also Roberts Mutter, ist vor zehn Jahren bei einem Autounfall gestorben. Der Vater auch. Robert war glücklicherweise nicht im Auto. Er war bei mir. Es war ein sehr tragischer Unfall. Ein achtzehnjähriges Mädchen, es hatte grad vier Wochen den Führerschein, kam bei Glatteis auf die Gegenfahrbahn und prallte frontal mit dem Auto meiner Tochter und meines Schwiegersohns zusammen. Alle drei waren auf der Stelle tot.« Sie schaut mich nicht an, während sie das sagt. Wenn ich aufstehen könnte, würde ich mich an ihr Bett setzen und ihre Hand halten.
»Das muss furchtbar für Sie gewesen sein«, sage ich.

Sie nickt kaum merklich. »Robert wurde mein Lebensinhalt. Ich bin zwar seine Großmutter, aber ich war alles für ihn. Großmutter, Mutter, Vater, wenn man das als Frau sein kann.«
Na ja, nun ist alles klar. Deshalb kommt Robert sie jeden Tag besuchen. Sie ist seine ganze Familie.
»Es tut mir Leid«, sage ich. »Aber Sie können stolz sein. Robert ist ein guter Mensch. Wie er mit Miki umgeht, das imponiert mir. Das heißt, imponieren ist der falsche Ausdruck. Es gefällt mir.«
»Miki ist so lieb, ich denke, zu ihm kann man gar nicht anders als gut sein!«
Oh, Frau Wachter, haben Sie eine Ahnung. Man kann, man kann. Und dabei denke ich nicht nur an Harry. Nicht nur an Rummelplatz und Kukawake! Unsere Nachbarn haben einen Sohn, der ist genauso alt wie Miki. Aber sie haben ihn nie zu uns kommen und mit Miki spielen lassen. Sie haben immer ängstlich jeden Kontakt vermieden. Als ob Mikis Behinderung ansteckend wäre. Oder die Leute auf der Straße, die sich nach ihm umdrehen, wenn sie ihn reden hörten. Nur – Miki ist nicht so behindert, dass er nicht wüsste, wie die Leute ihn behandeln. Er weiß ganz genau, wer gut zu ihm ist und wer nicht. Eine Zeit lang hat er gesagt: »Leute Miki ansauen. Immer ansauen, ansauen.« Und ich sagte zu ihm: »Du gefällst ihnen wahrscheinlich und deshalb schauen sie dich an.« Aber Miki schüttelte den Kopf und sagte: »Leute Miki ni lib ansauen.«
Frau Wachter wird abgeholt und zum Röntgen gebracht. Kontrolluntersuchung. Der Rest des Tages vergeht ohne mich.

11.
Donnerstag

Es dauert alles nicht mehr lang. Bald bin ich zu Hause. Es wird allmählich Zeit. Ich hab genug von diesem Getto hier.
Harry müsste eigentlich schon zurück sein. Bei dem Gedanken an ihn beginne ich innerlich zu zittern.
Ich sage zu Frau Wachter: »Ich bin heute zum Schweigen aufgelegt und nicht zum Reden.« Sie blinzelt zu mir herüber und sagt: »Gut. Dann schweigen wir eben.« Da muss ich lachen, weil ich mit so einer Reaktion nicht gerechnet habe.
Wir schweigen also bis Mittag. Und mampfen um halb zwölf Uhr ein ziemlich fades Mittagessen. Schwester Beatrix' Karottenkopf leuchtet zur Tür herein. Und so schlecht kann ich gar nicht drauf sein, dass mich ihr Anblick nicht zum Sticheln reizt.
»Schwester Beatrix, die entscheidende Frage ist: Gibt es ein Leben nach dem Beinbruch?«
»Ich will es doch stark hoffen«, sagt sie und schmunzelt. Sie ist gar nicht mehr so lieblich wie am Anfang.
Um punkt ein Uhr trifft Robert ein. Er ist schamlos gut gelaunt, wie sonst auch immer. Kennt er überhaupt etwas anderes als diesen unerschütterlichen stoischen Gleichmut? Obwohl ich gestern seine ganze tragische Geschichte gehört habe, geht mir Robert auf die Nerven.

Um fünf nach eins kommt Papa. Allein. »Wo ist Miki?«, frage ich.
»Wo ist Miki, wo ist Miki?«, sagt Papa. Er wirkt gereizt. »Jedes Mal, wenn ich komme, fragst du mich nach irgendjemand anderem! Einmal nach Harry, einmal nach Miki. Bin ich niemand?«
»Na komm schon, Papa, sei nicht kindisch! Ich hab ja nur gefragt!«
»Frau Annemarie passt auf ihn auf.«
Ich weiß nicht, aber mir kommt vor, dass Papa heute ziemlich hölzern klingt. Meist klingt er hölzern, wenn ihn etwas bedrückt.
»Na, spuck's schon aus!«, sage ich.
»Was?«, fragt er und schaut verblüfft.
»Was du auf dem Herzerl hast!«, spotte ich.
»Ich habe nichts auf dem Herzerl!«, gibt er ironisch zurück.
»Doch, hast du!«
»Hab ich nicht!«
»Sei nicht kindisch«, sage ich. »Und diesen Satz hatten wir heute schon einmal.«
»Ich sage gar nichts!«, sagt er.
Erwachsene sind mühsam. »Was ist los? Muss ich mir ernstliche Sorgen um dich machen? Ist irgendwas mit Miki passiert? Oder mit Mama? Es ist doch nichts mit Mama passiert, oder?«
»Nein, nein, nichts! Weder mit Miki noch mit Mama.«
»Warum bist du dann so komisch, Papa? Denn du benimmst dich mehr als merkwürdig, auch wenn du es nicht glauben willst.«
Er setzt sich an mein Bett und redet ganz leise. Offenbar will er nicht, dass Frau Wachter etwas hört. Aber die

sagt: »Komm, Robert, bring mich auf den Balkon.« Sie hat so feine Gefühlsantennen.
Papa kaut an seinem Daumen. Während Frau Wachter langsam aufsteht und von Robert gestützt wird, schaue ich meinen Vater genauer an. Er hat sich die Haare gewaschen, sie sind noch ein bisschen feucht und liegen wie hingeklatscht auf der Kopfhaut. Er hat einen dünnen Flaumbart. Alles ist ein bisschen dünn. Die Haare, der Bart. Die Beine. Nur das Bierbäuchlein nicht. Ein ausgewachsener Bierbauch ist es allerdings auch nicht.
»Ich sage das jetzt nur, weil du mich dazu drängst«, sagt Papa. »Ich hätte mir eher die Zunge abgebissen, als dass ich etwas gesagt hätte. Und du hast immer noch die Wahl, dass ich nichts sage.«
»Sei nicht kindisch, Papa! Wir spielen hier nicht Räuber und Gendarm.« Er seufzt. O Gott, wieso ist er denn gar so melodramatisch? »Gestern Nacht hab ich schlecht geschlafen. Du weißt ja, im Sommer ist in der Marktgasse immer Highlife.« Ich wundere mich über seine Ausdrucksweise, sage aber nichts, um seinen Redefluss, der endlich zu fließen begonnen hat, nicht zu unterbrechen. »Ich bin von dem Lärm auf der Straße aufgewacht und hab aus dem Fenster geschaut. Eine Gruppe von Jugendlichen ist laut grölend vorbeigezogen.«
Ja und, warum erzählt er mir das, es ist im Sommer jede Nacht so, also was soll's? »Ich wollte schon wieder ins Bett gehen«, sagt er, »da sehe ich auf einmal Harry vorbeigehen.« Mein Magen beginnt zu kreisen. »Ein Mädchen ging neben ihm, er hatte seinen Arm um ihre Schultern gelegt und küsste sie im Gehen.«
Ich glaube, ich falle auf der Stelle tot um! Aber wohin soll man aus der Horizontale fallen?

»Aber Harry ist doch weg ...«
»Anscheinend ist er schon zurück, sonst hätte ich ihn nicht gesehen!«
»Wieso bist du sicher, dass er es war? Es war Nacht, es war dunkel. Du kannst weiß Gott wen gesehen haben!«
»Petra, ich kenne Harry doch. Und ich hab genau geschaut, weil ich es ja nicht glauben wollte. Ich war mir am Anfang auch nicht sicher. Aber dann sagte er irgendetwas zu dem Mädchen. Das war Harrys Stimme. Ohne Zweifel.«
»Du hast dich getäuscht, Papa! So eine unglaubliche Verkettung von Zufällen gibt es gar nicht. Harry ist eigentlich weg. Aber er kommt gerade an dem Tag zurück, wo du in der Nacht nicht schlafen wirst können. Dann schläfst du nicht, dann schaust du aus dem Fenster und genau in dem Moment spaziert Harry vorbei, mit einem fremden Mädchen im Liebesclinch, und genau unter deinem Fenster küsst er sie in genau demselben Augenblick, wo du hinschaust. Er müsste ein Vollidiot sein, wenn er das täte.«
Papa schweigt. Das ist schlimm. Er seufzt. Das ist noch schlimmer. Lieber wäre mir, er würde protestieren. Dann könnte ich wieder gegen den Protest protestieren. Papa zuckt die Achseln. »Vielleicht hast du Recht.« Jetzt bin ich mir nicht sicher, ob er unsicher geworden ist oder ob er es nur mir zuliebe sagt. Und da beginnt es sich wieder zu regen, dieses flaue Gefühl im Magen, das ich so oft gehabt habe, seit ich Harry kenne, dieses verdammt flaue Gefühl, das mich so schwach werden lässt. Und ich selbst beginne nun zu zweifeln und denke: Und was, wenn er es doch war? Wenn er doch schon zurück ist? Wenn er tatsächlich genau in dem Moment an unse-

rem Haus vorbeigegangen ist, in dem Papa zum Fenster hinausgeschaut hat? Er weiß ja, dass ich nicht da bin. Dass mein Vater mitten in der Nacht beim Fenster hinunterschaut, ist nicht vorauszusehen. Oder aber Harry war mit diesem Mädchen so intensiv beschäftigt, dass er gar nicht bemerkt hat, an welchem Haus er vorübergeht? War es das? Kann das sein? Und wenn es so war, wer ist dieses Mädchen? Wo hat er sie kennen gelernt? Jetzt erst, bei diesem Campingurlaub? Oder kennt er sie schon länger? Eine Parallelgeschichte? Ist das der Schlüssel dafür, dass er sich nicht um mich gekümmert hat?

»Was ist los, Petra? Warum sagst du nichts?« Die Frage reißt mich aus meinen Gedanken. Ach ja, da sitzt mein Vater, dem ich eben eine falsche Wahrnehmung attestiert habe, und nun beißen sich die Zweifel in mir fest. Ich muss Harry sehen. Ich kann diese Ungewissheit nicht mehr ertragen.

»Soll ich dir etwas vom Buffet bringen?«, fragt Papa.

»Ja, ein Glas Schwefelsäure, wenn sie dort so gut sortiert sind.«

»Petra!« Das Mitleid in Papas Stimme ist nicht auszuhalten. Ich bin ja nicht gestorben. Papa glaubt offensichtlich kein Wort von der »Es-war-nicht-Harry-Theorie«.

»Bring mir Cola«, sage ich, »ich glaub, ich muss erst einmal richtig aufwachen.«

Papa bringt eine Literflasche Cola.

»Ich schieb dich auf den Balkon«, sagt er. »In der frischen Luft wacht man leichter auf.«

Ich will schon sagen, nein, ich will nicht auf den Balkon! Es wird ganz anders sein als sonst immer, nicht sekt-orange-spritzig, sondern cola-cool. Aber dann den-

ke ich: Sei nicht dumm, Petra, schneide dich nicht selbst von allem Schönen ab, draußen ist es tausendmal besser als in diesem heißen Zimmer, und so sage ich nichts. Papa schiebt mich hinaus und setzt sich neben Frau Wachter auf die Bank. Er weicht mir aus.
Robert stellt sich an mein Bett. »Geht's dir nicht gut?«
»Nein, ja, nein, mir geht's nicht gut!«
»Ist irgendwas mit Miki?«
»Nein, Miki ist zu Hause.«
»Schade, dass er nicht hier ist«, sagt Robert. »Er hätte uns wieder zum Lachen gebracht.«
Und da merke ich, wie tief in mir drinnen eine Saite angeschlagen wird und ganz leise zu schwingen beginnt.
Es gibt also – außerhalb unserer Familie – einen Menschen, der Miki weder als großes Unglück noch als Belastung oder Irritation empfindet. Es gibt einen Menschen, der Mikis »Unterhaltungswert« erkennt, seine Herzlichkeit und Direktheit.
»Ich danke dir, Robert«, sage ich. »Ich danke dir dafür, dass du Miki so siehst, wie du ihn siehst. Das zeigt mir, dass so eine Betrachtungsweise auch für andere möglich ist. Und dass ich nichts Unmögliches verlange, wenn ich will, dass Miki so gesehen wird.«
Pfff, das war eine ziemlich pathetische Rede. Modell Sonntagspredigt. Dabei ist heute Donnerstag.
»Und warum bist du dann traurig?« Ach ja, das war der Ausgangspunkt unseres Gesprächs.
»Das möchte ich lieber nicht sagen.« Die Sache mit Harry geht Robert nichts an. Robert steht eine Weile schweigend da. Bevor die Sache peinlich zu werden beginnt, sage ich: »Das ist nichts gegen dich, Robert.«

»Ich weiß«, sagt er. Und dann schweigt er weiter. Muss dieser Robert so ein unbeholfener Klotz sein? Kann er sich nicht mit irgendeiner eleganten Wendung aus der ganzen Sache drehen, muss er schweigend dastehen? Ich mag das nicht. Ich will jetzt endlich meine Ruhe haben.
Papa führt grad Frau Wachter ins Zimmer. Robert schaut mich fragend an, ich nicke, er schiebt mein Bett hinein.
»Ich gehe jetzt, Oma«, sagt Robert. »Bis morgen.«
»Ich muss auch gehen«, sagt Papa.
Ich nicke. »Lass Miki von mir grüßen«, sage ich. »Und schau in der Nacht nicht beim Fenster hinaus!« Als ich das sage, steigen mir die Tränen schon bedenklich hoch.
Ich greife unter den Kopfpolster und nehme den blauen Stein in die Hand. Er ist glatt und kühl. Allmählich nimmt er die Hitze meiner Hand in sich auf. Temperaturausgleich.
Die Besuchszeit ist vorbei. Frau Wachter und ich sind wieder allein. »Petra«, sagt Frau Wachter, »vielleicht wollen Sie nicht darüber sprechen ... Aber glauben Sie mir eins: Wie dunkel eine Situation auch ausschaut, sie wird wieder heller. Ein altes Sprichwort sagt: Wenn du denkst, es geht nicht mehr, kommt von irgendwo ein Lichtlein her.«
O my God, Frau Wachter, diese grauenhaften alten Sprüche! Und sind wir heute wieder per Sie?
»Ich weiß schon, dass Sie skeptisch sind. Aber ich hab das selbst erfahren. Ich muss Ihnen diese Geschichte erzählen, sie ist nicht sehr lang ...« Sie zieht sich ein wenig in ihrem Bett hoch und dann beginnt sie zu erzählen: »Vor drei Jahren war ich auf Kreta, so wie Ihre

Mutter jetzt. Ich hatte einen Wanderurlaub gebucht, eine Woche Bergwandern in Westkreta. Es war eine Gruppe von etwa zwanzig Leuten, wir wohnten in einem Hotel am Meer und fuhren jeden Tag mit dem Bus in ein anderes Wandergebiet. Eine zweitägige Tour war auch dabei und wir verbrachten eine Nacht hoch oben in den Weißen Bergen, auf einer Hütte, in der nachts die Stromaggregate abgeschaltet wurden. Daher war es in der Hütte stockdunkel. Aber so was von stockdunkel, wie ich es in meinem ganzen Leben noch nie gesehen habe. Wir lagen auf Matratzen, die meisten schliefen schon, wenige unterhielten sich noch leise miteinander. Ich lag im Dachgeschoss, das man nur über eine Leiter erreichen konnte. Da ich vom Wandern sehr müde war, schlief ich bald ein. Mitten in der Nacht wachte ich auf, weil ich dringend aufs Klo musste. Da bemerkte ich zu meinem großen Schrecken, dass ich meine Taschenlampe nicht eingepackt, sondern im Hotel am Meer gelassen hatte. Ich hatte auch kein Feuerzeug dabei, nichts, was ich als Lichtquelle hätte benützen können. Ich lag da und überlegte: Sollte ich in dieser absoluten Dunkelheit den Weg zur Leiter suchen, hinunterklettern und mir dabei womöglich ein Bein brechen oder sollte ich eine geplatzte Blase riskieren? Ich wartete eine Weile, ich wollte den Schritt in die absolute Dunkelheit nicht wagen. Aber schließlich wurde der Blasendruck so groß, dass ich einfach keine Wahl mehr hatte. So tastete ich mich kriechend zur Leiter vor und kletterte hinunter. Unten blieb ich stehen. Ich wusste ungefähr, wo das Klo war, aber nicht so genau, dass ich den verwinkelten Weg in der Dunkelheit hätte gehen können. Ich stand da und überlegte. Und plötzlich kam der Hüttenwirt mit einer Petroleumlampe daher ... Seither glaube ich daran, dass man Hilfe bekommt, wenn man den Schritt in die Dunkelheit wagt. Es ist der erste Schritt aus der Dunkelheit.«

So viel auf einmal hatte Frau Wachter die ganze Zeit noch nicht gesprochen. Mich hatte die Geschichte sehr berührt, obwohl ich sie gar nicht hatte hören wollen.

»Das ist eine sehr schöne Geschichte«, sagte ich.

Sie lächelt. »Erzählst du mir jetzt deine?« Sie hat auf einmal wieder du gesagt.

Auch ich richte mich in meinem Bett auf, so weit es Liegegips und Beinschiene erlauben, und dann erzähle ich. Frau Wachter ist eine Zuhörerin, bei der man bei Royal Blue beginnen kann. Ich beginne an dem Tag, an dem ich Harry kennen gelernt habe. Unter einem Regenschirm. Ich erzähle alles. Wie er sich eine Zeit lang nicht gemeldet hat. Wie ich ihn dann angerufen habe. Wie wir ausgegangen sind. Seine Küsse, seine Zärtlichkeiten. Wie wir nicht miteinander geschlafen haben. Ich erzähle auch von der Sprachlosigkeit und dass Harry meine Fragen als Verhör bezeichnet hat, und ich erzähle von Miki und dem Rummelplatz. Und ich erzähle, dass ich hier im Krankenhaus tagelang auf Harry gewartet habe und er nur einmal kurz vorbeigeschaut hat. Dass er weggefahren ist, ohne mir etwas zu sagen. Von dem flauen Gefühl im Magen und was mir mein Vater vorhin gesagt hat. Und dann fällt mir noch allerhand ein, was mir vorher nicht so bewusst geworden ist: dass Harry mich oft nur deshalb angerufen hat, weil er etwas von mir wollte: eine CD ausborgen oder eine Zeitschrift, Kassetten überspielen, eine Arbeit für die Schule korrigieren, bei der Vorbereitung eines Referates helfen und

dergleichen. Am Anfang hab ich das unheimlich gern getan, es waren Liebesbeweise, die ich ihm gab. Bis ich ihn einmal um Hilfe bei meinem Referat bat und er gerade dann etwas anderes, Wichtigeres zu tun hatte ... Während der ganzen Zeit habe ich Frau Wachters Gesicht beobachtet. Wäre sie meine Mutter, würde ich sagen, sie »macht ihr Gesicht«. Am Anfang war es ganz offen und interessiert, und je länger meine Erzählung gedauert hat, umso mehr hat sie ihr Gesicht verkniffen, ihre Lippen zusammengezogen, die Stirn gerunzelt.
Frau Wachter schweigt. Ihr Gesicht entspannt sich. Die seismografische Aufzeichnung ist beendet und wird langsam gelöscht.
»Was meinen Sie, Frau Wachter?«
»Soll ich ehrlich sein?«
»Ja, alles andere hat keinen Sinn.«
»Ich will dir nicht wehtun, Kind« – lang schon hat niemand mehr »Kind« zu mir gesagt – »aber ich denke, dass er dich nicht liebt. Weißt du, Petra, man muss sich seines eigenen Wertes bewusst sein. Und darf nicht zulassen, dass man unter diesem Wert behandelt wird.«
»Ja«, sage ich und die Tränen rinnen schon wieder. Ich war so verliebt in Harry. Ich bin es immer noch. Halt aber ritsch ratsch ypsilon. So einfach ist das nicht. Ritsch-ratsch, aus, vorbei. Nein, so geht's leider nicht. Das ist wie ein langsames Abziehen eines Heftpflasters oder eher eines verklebten Verbandes, Millimeter für Millimeter, es tut lange weh und es geht vieles mit, Haut und Haare.
Ein Sommer ohne Harry. Ich werde im Schwimmbad im Liegestuhl liegen, Miki wird seine Späße machen, Edwin und Sandra und ihre beiden Kinder werden da sein und

sich um Miki kümmern, weil ich ihm mit dem Gipsbein nicht überallhin werde nachlaufen können. Abends, nach Geschäftsschluss, werden Mama und Papa für eine Stunde ins Bad kommen und sich zu uns gesellen. Spätabends werden wir vielleicht noch im Garten sitzen oder am Balkon. Eva, Chrissi und Daniela werden wieder da sein. Ines kommt erst am Ferienende aus Kroatien zurück. Ich werde ihr schreiben.
Aber Harry wird mir fehlen. Ich werde trotzdem immer auf einen Anruf von ihm warten. Ich werde immer auf Harry warten.
Ich muss mir die Sehnsucht aus dem Herzen reißen und weit von mir weg schleudern.

12.
Freitag

Auf einmal ist er da. Steht in der Tür, am Beginn der Besuchszeit, mit einem Strauß weißer Nelken in der Hand. Kommt an mein Bett, sagt Hallo, Petra, gibt mir einen leichten Kuss auf den Mund, der mir vor Staunen fast offen stehen bleibt, sagt, du machst Sachen und wo kann ich die Blumen reingeben?, sieht die Vasen, die am Fenster stehen, holt eine, lässt Wasser einlaufen, gibt die Blumen hinein, stellt die Vase auf mein Nachtkästchen, rückt einen Sessel an mein Bett, setzt sich, schaut mich lachend an. Ich fass es nicht. Er tut das mit einer Selbstverständlichkeit, als wäre überhaupt keine Zeit vergangen. Das alles hätte er vor einer Woche tun müssen, nicht jetzt.

Er sieht unverschämt gut aus. Er ist braun gebrannt, seine dunklen Haare sind von der Sonne ein wenig heller geworden, die typische Strähne hängt ihm in die Stirn, seine großen dunklen Augen sind schräg und raubtierhaft ... O my God! Er ist noch schlanker geworden, die Backenknochen wie gemeißelt und die Kleidung – wie immer – leger aussehend und schweineteuer.

»Na, wie geht's dir?«, fragt er in locker-flockigem Ton.

In meinem Bauch dröhnen sämtliche Alarmglocken.

Ich darf mich nie mehr verlassen.

»Gut«, sage ich und meine Stimme kriegt eine erstaunliche Festigkeit. »Jetzt geht's mir wieder gut. Und dir?«

Er lacht und sagt: »Mir geht's immer gut. Ich hab eine tolle Woche hinter mir.«
Ja, das denk ich mir. Ich eine weniger tolle.
»Erzähl!«, sage ich.
»Zuerst einmal der City-Cup: Das erste Match hab ich 6:0, 6:2 gewonnen. Das war ziemlich leicht. In der zweiten Runde war's dann total spannend. Da hab ich im dritten Satz im Tiebreak gewonnen und in der dritten Runde ...«
»O.k., Harry, das ist nicht der Sportfunk. Erzähl mir ganz einfach, welchen Platz du insgesamt erreicht hast.«
Er schaut ein wenig verblüfft, dann sagt er: »Ich hab den Cup gewonnen, aber du lässt mich ja nicht erzählen.«
»Gratuliere!«, sage ich. »Und dann ...?«
»Dann hat Joachim die Idee gehabt, dass wir eine Radtour machen. Und das haben wir dann auch getan. Joachim und ich und ein paar andere. Wir haben campiert, sind rund um den Neusiedlersee gefahren, wir sind segeln und surfen gegangen. Es war toll! Wir haben irre viel Spaß gehabt.«
Jaja, das glaub ich dir aufs Wort, dass du »irre viel Spaß« gehabt hast. Du bist ein Mensch, der immer und überall »irre viel Spaß« hat.
Das flaue Gefühl in meinem Magen wird immer schlimmer. Ist das nur Eifersucht? Neid? Weil Harry es lustig hatte und ich nicht? Nein, ich halte seine Sprechweise nicht mehr aus, seine Denkweise. Dass er nicht begreift, wie weh er mir getan hat.
Es drängt mich, ihn nach dem Mädchen zu fragen, das er geküsst hat. (Wenn mein Vater sich nicht getäuscht hat.) Ich kann diese Frage nicht mehr zurückdrängen. Ich merke, wie ich innerlich zu zittern beginne, wie

Unsicherheit, Wut, Eifersucht in mir aufsteigen, Zorn und Trauer, alles gleichzeitig, und wie mich das schwächt. Wie Harry mich immer geschwächt hat. Und Harry plaudert weiter vom Radfahren und vom Segeln und welche Windgeschwindigkeit und wie hohe Wellen und was für ein Adrenalinstoß! Und Pannen und Ersatzschläuche und Zeltplatz und Astronautennahrung getrunken und ... Ich höre nicht mehr hin.
»Harry«, sage ich, »ich muss dich etwas fragen. Wieso hast du mich nicht besucht?«
»Hab ich doch!«, sagt er. »Kannst du dich nicht mehr erinnern? Vor dem ersten Match.«
»Ja, aber das war so kurz, das zählt nicht wirklich.«
»Ah, das zählt nicht? Ich hab dir gerade erklärt, dass ich keine Zeit hatte. Der Cup, die Radtour, ich hatte wirklich keine Zeit, das erklär ich dir doch schon die ganze Zeit.«
»Du hättest dich wenigstens von mir verabschieden können!«
»Es ging alles so schnell. Und du hättest sowieso nicht mitfahren können. Ich wollte dir keine langen Zähne machen.«
Ach so, er hat sich aus reiner Rücksichtnahme nicht verabschiedet. Wie edel von ihm. Ich halt's nicht aus! Und ich will jetzt endlich wissen ...
»Ich muss dich noch etwas fragen, Harry: Gibt es eine andere? Hast du eine geküsst, Mittwoch Nacht?«
»Ich, nein, wieso? Wie kommst du auf Mittwoch Nacht?« Ist er unter der braunen Haut rot geworden oder bilde ich mir das nur ein? Hat er ein wenig gezögert, bevor er die Antwort gab? Was soll ich glauben? Wem soll ich glauben?

»Harry, bitte, sei ehrlich: Es hat dich jemand gesehen!«
Er schluckt. »Ach so, man ist von Spionen umgeben.«
»Harry, das war reiner Zufall!«
»Also gut, ja, ich hab ein Mädchen geküsst, irgendwann. Von mir aus Mittwoch Nacht. Das hat sich einfach so ergeben. Aber es hat nichts zu bedeuten.«
Es hat nichts zu bedeuten? Nichts? Und was haben, was hatten unsere Küsse zu bedeuten? Ebenfalls nichts? Bin ich eine in einer Reihe von Bedeutungslosen? Austauschbar?
Meine Wut verpufft, Schwäche macht sich breit. Mein Vater hat sich nicht getäuscht.
»Für mich ist es nicht bedeutungslos«, sage ich leise.
Harry schluckt. Ich muss wieder an die Geschichte mit dem Rummelplatz denken. Wie er Miki verleugnet hat. Und an Robert, den Riesen Timpetu. Boba lib!
Harry lib – das hat Miki nie gesagt. Das R hätte er auch nicht aussprechen können. Ich weiß gar nicht mehr, wie Miki Harry genannt hat. Hapi? Hat er ihn jemals bei seinem Namen genannt?
»Ich danke dir jedenfalls, dass du gekommen bist, Harry. Und für die Blumen.« Beinahe hätte ich gesagt: Ich weiß nicht, ob ich sie unter diesen Umständen behalten will. Vielleicht nimmst du sie wieder mit und schenkst sie der Bedeutungslosen! Aber ich beiße mir auf die Zunge.
In dem Moment kommt Robert herein. Er sagt Hallo, er nickt mir zu, schaut Harry an, er geht schnurstracks zu Frau Wachter auf den Balkon. Sie ist im selben Moment, als Harry das Zimmer betreten hat, aufgestanden und hat uns allein gelassen. Sie sitzen nun beide mit dem Rücken zur Balkontür, sodass sie uns nicht sehen können. So viel Rücksichtnahme – und eigentlich ist sie

unnötig. Denn es gibt nicht mehr viel zu sagen. Außer, dass ich den Harry, der nun doch ein wenig zerknirscht und zerknittert aussieht, gleich wieder zu lieben beginnen werde, wenn ich nicht sehr auf der Hut bin!
Nein, Petra, nein. Du hast eine Entscheidung getroffen und du weißt genau, warum! Dein Freund, wenn er ein wirklicher Freund sein soll, muss auch Mikis Freund sein. Harry war nie Mikis Freund.
»Heißt das, ich soll jetzt gehen?«, fragt Harry.
Ich nicke und halte die Tränen zurück, so gut ich kann.
»Es tut mir Leid«, sagt Harry.
»Mir auch«, sage ich.
Er geht. Er dreht sich an der Tür noch um. Er schließt die Tür. Er ist fort. Ich drücke Mikis Teddybär fest an mich, der Großteil meiner Tränen versickert in dem dunkelbraunen Fell.
Sie haben mich in Ruhe gelassen. Robert und Frau Wachter sind ewig lang am Balkon gesessen. Ich glaube, Frau Wachter ist erst hereingekommen, als sie es vor Schmerzen beim Sitzen nicht mehr ausgehalten hat. Sie hat sich ins Bett gelegt und kein Wort gesagt. Robert ist noch ein wenig draußen gesessen und hat Zeitung gelesen. Mikis Teddybär war nass geweint. Ich bin mir vorgekommen wie ein Kindergartenkind. Ich hab dann eine Weile Robert beobachtet, wie er da am Balkon gesessen ist und Zeitung gelesen hat. Ich hab mir gewünscht, ich könnte mich in ihn verlieben. Aber leider ist er überhaupt nicht mein Typ. Schade. Es wäre so einfach gewesen. Aber so einfach ist es nicht. Ich frag mich nur, warum ich dann auf Schwester Beatrix eifersüchtig war. Ich kenn mich nicht mehr aus.
Ich muss eine Zeit lang die Augen zugemacht haben

oder vielleicht bin ich vor Erschöpfung eingeschlafen, denn als ich die Augen wieder öffne, ist Robert verschwunden. Frau Wachter schläft. Ich hoffe, das lange Sitzen hat ihren Rippen nicht geschadet.
Ich bin leer geweint. Ich sehe Harry, wie er zur Tür hinausgeht. Der Film läuft in meinem Kopf ab wie eine Endlosschleife. Ich hoffe für mich, dass es nicht allzu wehtut. Dass das nicht alles war, weiß ich. Heute war nur der Messerstichtag und diesmal habe *ich* das Messer geführt. Ich hoffe, dass ich mich selbst dabei nicht am meisten verletzt habe. Aber ich bin noch wie in Narkose, ich spüre mich nicht. Harrys coole Reaktion lässt nicht vermuten, dass es auch für ihn ein Messerstichtag war. Ich weiß nicht, was ihn wirklich treffen kann. Er ist zu glatt. An ihm gleitet alles ab.
Ich habe die richtige Entscheidung getroffen. Auch wenn es ein Messerstich in mein eigenes Herz war.
Bei manchen Leuten ist alles so einfach. Wenn ich an meine Freundinnen denke, Eva, Chrissi, Ines, Daniela – die haben keine behinderten Geschwister und keine Freunde, die andere Mädchen küssen. Die brechen sich nicht am Beginn der Ferien das Bein, die müssen nicht auf ihre Urlaubsreisen verzichten, die trennen sich nicht von ihren Freunden, die führen keine Messerstiche ins eigene Herz. Deren Leben ist viel leichter. Und bei anderen trägt das Schicksal so entsetzlich dick auf, dass es nicht zu glauben ist. Wenn man als Romanautor solche Schicksale erfinden würde, würde jeder Kritiker vor Entsetzen die Hände zusammenschlagen und das Ganze als trivialen Kitsch abtun.
Ich glaube, ich muss jetzt Chrissis Sektflasche öffnen. Prost, Petra, prost auf den Messerstichtag!

Die Abendvisite kommt. Der Primar fragt nicht: Wie geht's uns? Der Lockengott versprüht nicht einen Hauch von Scharm. Schwester Marions Kornblumenaugen strahlen keinen Millimeter weit. Der Primar schaut die Krankenblätter an, nickt und dreht sich wieder um.
»Was ist passiert?«, frage ich Schwester Marion leise, als sie schon im Hinausgehen ist.
»Ein zehnjähriges Mädchen ... Autounfall ... Vor einer halben Stunde auf der Intensivstation ...«
»Tot?«, frage ich. Schwester Marion nickt und geht.
Da sehe ich plötzlich ein Bild vor mir, an das ich lange nicht mehr gedacht habe. Miki war einmal in der Kinderklinik, es mussten verschiedene Tests gemacht werden, ich weiß nicht mehr genau, was es war. Ich weiß nur noch, dass man durch Glasscheiben in die anderen Zimmer sehen konnte. Neben einem leeren Bett stand eine Ärztin im weißen Kittel, stand da wie versteinert, als könne sie sich nie mehr von diesem Platz wegrühren, sie hatte sich an die Wand gelehnt und den Kopf zur Seite gedreht und starrte unverwandt auf das leere Bett. Eine Schwester sagte mir damals, dass unmittelbar vorher ein kleiner Junge, ihr Patient, gestorben war.
Das Schicksal ist ein psychopathischer Tyrann, hat irgendjemand einmal gesagt. Von wegen dick auftragen. Ich will mir den Schmerz der Eltern gar nicht vorstellen. Ein zehnjähriges Kind. Miki ist acht. Er hätte noch zwei Jahre zu leben. Ich wäre schon sechs Jahre tot. Mir wird ganz schlecht, wenn ich daran denke, dass ich mir manchmal, in meiner großen anfänglichen Verzweiflung, gewünscht habe, Miki wäre tot. Ich schäme mich heute noch dafür.
»Haben Sie's gehört, Frau Wachter?«, sage ich und erst

dann denke ich wieder daran, dass ihre eigene Tochter ...

Schicksal – psychopathischer Tyrann! »Es tut mir Leid«, sage ich.

»Es ist schon so lange her«, sagt sie, »doch wenn die Stelle angetippt wird, schmerzt sie jedes Mal von neuem. Aber sag, wie geht's dir, Kind?«

»Ist das noch wichtig angesichts solcher Ereignisse?«

»Für dich schon, Petra. Es ist dein Leben. Und das andere ein anderes.«

»Ich glaube, dass es richtig war, was ich getan habe. Aber ich kapier das alles noch gar nicht. Es ist, als würde ich neben mir stehen und über mich selbst den Kopf schütteln.«

»Er hätte dir nur wehgetan.«

»Ja. Aber trotzdem – Ich fürchte mich davor, wenn ich ihn in der Stadt treffe. Womöglich mit einem anderen Mädchen. Das wird schrecklich sein. Ich hab mich zwar von ihm getrennt, aber eifersüchtig bin ich doch, ich kenne mich. Frau Wachter, kann man das eigentlich so machen? Einfach sagen, es ist aus, und dann glauben, dass es wirklich aus ist. Ich meine, geht das überhaupt? Ich kann ja meine Gedanken nicht von ihm abtrennen! Und wenn ich ihn länger nicht sehe, werde ich mir wieder Illusionen machen. Ich werde sagen: Was war denn so schlimm? Was hat er denn getan? Er hat mich nicht besucht, na gut, er hatte keine Zeit, er hat ein Mädchen geküsst, was ist schon groß dabei, er kann mit Miki nicht gut umgehen, aber wie viele können das? Ich werde denken, ich habe eine schöne Zeit mit ihm gehabt, er hat viel mit mir unternommen, es war toll, wenn wir uns geküsst haben, also was soll's? Ich werde allein sein

und unglücklich und ich werde mich nach Harry sehnen.«
»Petra, vergiss eins nicht: Er liebt dich nicht. Und die Liebe kannst du nicht herbeireden.«
Das lässt mich still werden.
Ich bin froh, dass ich kein Handy gehabt habe. Die Liebe lässt sich nicht herbeireden.
Ich lege Mikis Teddybär an meine rechte Seite, er wird heute neben mir schlafen. Inzwischen ist sein Fell ein wenig trocken geworden.

13.
Samstag

Frau Wachter sitzt fertig angezogen auf dem Sessel neben ihrem Bett. »Ich bin gar nicht so glücklich, dass ich wieder nach Hause darf«, sagt sie. »Das hier war doch eine komfortable Bleibe. Zimmer mit Aussicht und Vollpension, wie du immer gesagt hast, Petra. Nicht zu vergessen die nette Gesellschaft. Aber da du heute auch heimgehst, fällt der Punkt ›nette Gesellschaft‹ sowieso weg.«
»Danke, Frau Wachter! Es war schön, dass Sie mit mir im Zimmer waren. Danke für alles.«
»Wirst du mich besuchen kommen, Kind?«
»Ja«, sage ich. Und wenn es nur deshalb wäre, dass jemand in dieser unnachahmlichen Weise »Kind« zu mir sagt.
Robert kommt, um seine Oma abzuholen. Ich bin froh, dass ich ihn kennen gelernt habe. Ich hoffe, dass er ein Freund wird. Vielleicht habe ich einen Bruder gewonnen.
Wenn Harry noch mein Freund wäre, würde er mich abholen. Würde er? Könnte ich mich auf ihn verlassen? Gleich kriecht wieder das flaue Harry-Gefühl in meinen Bauch. Ich atme tief durch. Robert sagt Auf Wiedersehen und gibt mir die Hand. Wieder bin ich überrascht von seinem festen Händedruck. Boba lib!
»Es ist so weit!« Schwester Marion scheint aufgeregter zu

sein als ich. Sie schiebt mein Bett aus dem Zimmer, durch den Gang, in den Lift. Hinunter ins Erdgeschoss. Hinein in die Röntgenabteilung. Der Knöchel ist tadellos zusammengewachsen. Der Liegegips wird abgenommen, der Gehgips aufgetragen. Nachdem er getrocknet ist, wird noch eine Röntgenaufnahme gemacht. Es ist alles in Ordnung.
Ich muss, bevor ich aufstehen darf, eine ganze Weile sitzen bleiben. Wegen des Kreislaufs. Damit ich nicht umkippe, weil ich so lang flach gelegen bin. Ein bisschen schwindlig ist mir sowieso.
Und dann ist es so weit. Ich darf aufstehen. Schwester Marion stützt mich. Ich probiere die ersten Schritte. Ein bisschen wacklig bin ich noch, aber ich kann gehen. Wenn der Gips entfernt wird und man ohne Stütze gehen muss, dann kommen die Schmerzen, hat der Gipser gesagt. Sie vergehen erst nach einer Weile. Jedenfalls kann ich gehen. Wenn auch mit Stütze, aber ich kann gehen.
Langsam und vorsichtig gehe ich bis zum Lift, Marion ist neben mir. Wir fahren noch einmal hinauf ins Zimmer. Marion packt meine Sachen zusammen. Beatrix, Manuela, Tamara und Peter Poldi kommen ins Zimmer und stellen sich auf wie eine Ehrengarde. Nacheinander schütteln sie mir die Hand. Alles Gute, Petra. Lasst mir den Rattenschwanz grüßen. Und danke für alles. Eine Dramaturgie jagt die andere.
Ich gehe auf den Balkon. Schaue hinunter auf die Stadt. Ich kann das Theater erkennen und den Park dahinter. Ich werde immer an Harry denken müssen, wenn ich den Stadtpark sehe. Ich mag nicht mehr hinsehen.
Ich drehe mich um, da sehe ich Papa und Miki im Zim-

mer stehen. Langsam gehe ich auf sie zu. »Peka widda gehen kann, Peka widda gehen kann!«, ruft Miki begeistert und tanzt um mich herum.

Papa nimmt meine Tasche, Miki beklopft mein Gipsbein, Marion stützt mich am Arm, so gehen wir bis zum Lift. Als ich Beatrix' karottenorangen Kopf am Ende des Ganges noch einmal aufleuchten sehe, rufe ich ihr zu: »Schwester Beatrix! Die entscheidende Frage ist: Gibt es ein Leben *vor* dem Tod?« Sie ringt in gespielter Verzweiflung die Hände.

Wir sind unten. Ich umarme Schwester Marion.

Papa öffnet die Tür. Ich trete hinaus, in eine gleißende Helligkeit.

Jutta Treiber

Solange die Zikaden schlafen

Obwohl ihre Mutter schon über zwei Jahre tot ist, fällt es Anna noch immer schwer, mit diesem Verlust zu leben. Und dass ihre geliebte Schwester Flo zum Studium in eine andere Stadt gezogen ist, macht es auch nicht leichter. Nun ist Anna allein mit ihrem Vater und dessen junger Freundin, die sie verabscheut. Die Trauer um ihre Mutter mischt sich mit dem Gefühl des Alleingelassenseins. Anna verschließt sich, lässt niemanden an sich heran. Sie braucht einen Panzer, um sich gegen die Lieblosigkeit und Vergesslichkeit der anderen zu schützen.
Und verletzt dabei vor allem sich selbst.
Erst als in ihrer Wohnung Feuer ausbricht, ändert sich die Situation ...
Jutta Treiber erzählt vom Schmerz, der mit einem so großen Verlust einhergeht, aber auch von der Möglichkeit, ihn in etwas Positives zu verwandeln. Es ist ein Roman über das Weiterleben trotz allem und die Kraft der Hoffnung.

160 Seiten

UEBERREUTER